草堂

CAO TANG

有温度有质感的大唐风骨
有颜面有尊严的当代诗歌

顾　　问 吉狄马加

主　　任 梁　平 杨晓阳
副 主 任 张新泉 李　怡
编　　委 尚仲敏 姜　明 陈海泉
赵晓梦 凸　凹 彭　毅
李明政 千　野 李龙炳

主　　编 梁　平
执行主编 熊　焱

副 主 编 李海洲（特邀）
编辑部主任 桑　眉
美术总监 宋　早
责任编辑 程　川 蔡　曦
发稿编辑 吴小虫 林　栖　舒　展
责任校对 蓝　海 安　素

出版发行 四川文艺出版社（成都市锦江区三色路 238 号）
网　　址 www.scwys.com
电　　话 028-86361802（发行部）028-86361787（编辑部）
邮购地址 成都市锦江区三色路 238 号新华之星大厦 A 栋 26F　610023
印　　刷 成都市新都华兴印务有限公司
成品尺寸 185mm × 260mm　开　本 16 开
印　　张 6.5　字　数 160 千
版　　次 2022 年 11 月第一版　印　次 2022 年 11 月第一次印刷
书　　号 ISBN 978-7-5411-6481-1
定　　价 15.00 元

投稿 / 联系邮箱：ctsk2016@126.com
电话：028-61352760/86640163
地址：成都市锦江区书院西街 1 号亚太大厦 7 楼草堂诗刊社

图书在版编目（CIP）数据

草堂. 第75卷 / 梁平主编. -- 成都 : 四川文艺出版社, 2022.11
ISBN 978-7-5411-6481-1

Ⅰ. ①草… Ⅱ. ①梁… Ⅲ. ①诗集 - 中国 - 当代
Ⅳ. ①I227

中国版本图书馆CIP数据核字(2022)第189225号

Cao Tang

Contents
目 录

2022-11（总第 75 卷）

封面诗人

Featured Poet

Cao Tang

我们该如何收集雨水（组诗）

◎池凌云

[渺茫而轻盈]

入夜，虫子们开始活跃
它们鸣叫的声音像蛐蛐，
一个个整齐的音节，从未知的地方
传来。空中浓重的墨色
给苍穹增加了重量。
我合拢正在读的书，对于其中
散文有益于诗歌的理论，心存犹疑。
想到明天就要刮起大风，我不知
椅子的四条腿是否需要加固，
门窗是否需要修理。但我必须在今夜
紧闭门窗。

今夜的虫鸣已进入屋内，
明天将有大风，到我的椅子上。
它们结成透明的凝块，一些菱形的
将从关紧的门缝中进来，搜寻
遗落在角落的老土豆。只是
一只土豆的历程，而不是
记忆的片言只语。我对遗失的
感到渺茫。

我已无话可说。
悲伤与风一起嗅着土豆的记忆。
所有那些来自爱的鼓励，都已结束。
明天开始，就不用再想
如何让自己变得轻盈。
或者从嗡嗡响的噪音中
获取新生。

我与今天的一切道别。
我从没有怀疑过的爱，我与你道别。
我不再从一阵风中感知渴。
不再从建筑的影子，采集

里边的金属。我已拥有太多
阴影中的飘浮之物。
它们像真实的土地。
它们总是萦绕。总是
随风而动。就像那些未完成的诗篇
在后撤中，孤寂地流淌。

[我们该如何收集雨水]

这个夏天，我们几乎已经忘记，
牛羊如何吃草。那匹出生不久的小马驹
在高高的山上，跟着它的母亲，
小小的蹄，踢着泥地。
群山涌出静谧。随之而来的
薄薄的水幕，在带裂隙的河床上移动。

一场雨，赐予我们一面新的镜子。
而我们该如何收集雨水?
干涸，让地面的裂痕有了新的图案。
缺水的鱼，结束了无声的祈祷，
现在不需要再把它们之中的某一个
区分出来。而我们
也已经放弃了很多。

不知道我们失去了多少河流，
烈日已把夏天变成枯枝的花园。
我们找出所有可以储存水的器皿。
而等待让我们变得不安。
你的喷水器怎么样了? 造成我们渴的
一种，是水流的信息。一些致命的渴，
在河床深处。

一些开裂，在水底与枝头
它们都在接受加热。一种命运的
降临。天鹅绒般的沉默
在向下延伸。我们无法去测度那裂口，
唯有熄灭灯光，打开四肢。
我们张口，给一处洼地传送人声。
给玻璃罐装满雨水与泡沫。
人和雨水闪烁着，最小的，也得到了留存。

[几块鹅卵石，在我的书桌上]

几块鹅卵石，在我的书桌上静静躺着。
多年前，我在海边找回它们。
我的书桌像一艘船，它们像压舱石。
这算不得什么怪异的癖好。
它们通常比手掌小一点，
我能轻松地握住，任它们在我手里变暖。
它们的确是有温度的石头。
虽然表面有很多洞孔，当我的手
放在上面，一些伤与遗憾显露——
“都是这样”，当我这么说，
没有一个声音出来反对。

[海浪灰黄的表皮]

今天，这片海亮出浑浊的底色
邀请经过的人接受。浪与浪
接壤。灰黄色半固体的形状
带来太多三角的阴影。

宏大的折叠与覆盖。
持续的转轴，让陆地跟随。
一道道伤痕跟随一只海鸟
起伏。海中的生物在翻滚。

它们发出哗哗的声响
有时发出嘶嘶声。它们借一个
孤立无援的人的嘴
朝我们讲述——

[井的变形]

某一天，无穷无尽的井
漫溢出的水，在四处流淌。
从早到晚，我们重复着一天的弧线，
不知不觉，井水就开始溢出井沿。
在我们手中，一只隐形的桶
垂直下降，进入水下，旋转着下沉。
当一口井，被打开，我们无法
让这一切停下来，
唯一的机会，就是让一只桶
在水中升起，而不会中途转向。

[在一棵树下]

在一棵树下，我寻找那遗失的。
生命的下半场，每一步都变为冒险，
心中常有涌动。我应感到有趣
所有的苦与乐，都是珍贵的体验。
接受内部的黑暗，或重塑
另一种真实。而最终依然
是一个可笑的整体。我不知道
乌木或橡木，哪一种更适合灵魂。
我请自然教我，辨认叶脉之中
隐逸的美，与时光的严酷。
我的衣裳变旧，但我还没学会
真正的俭朴，还没学会
从风中听到笛声。真难啊
七叶的娑罗，我只窥见一叶，
如果那朵无忧花，本身能在空中开放，
如果我最初见到的风，
能减缓万物下滑的速度，
教我超越，我就不用献出所有。
我的梦，将继续照拂我的四季。

[你是否拥有这么一种地衣]

“你的伤好些了吗？你父亲的病好些了吗？”
“我的伤好多了，可以走路了。我的父亲依然病着。”
记录时间的碎片，晒着残余的话语的地衣。

预见流沙与漂移，一点点后撤的地衣。
不在花束中出现，不争取一片苔藓，死于孤独
却像什么也没发生，接受无物的地衣。

沙子进入眼睛的地衣。视力日渐退化的地衣。
在地上搜寻可供依靠的泥层的地衣。
日益衰竭卷起干枯的裙边的地衣。

保留每一枚松针的记忆，每天都想出走
寻找一个新的故乡的地衣。
一碰就碎，不懂得与一根手指相触的地衣。

在无人的坡地守着落日的地衣。
在樊篱中抱着小泥点的地衣。
致死都渴望另一种新生的地衣。

[地衣是否还要活着]

地衣是否还要活着。因为这一天
没有什么文字可以描述它。

虽然它也随身携带一些泥点，
经受过流转变迁。它有漆黑的
漫漫长夜。偶尔被剥离，没有根须
却有隐形的血。它液态的青春
没人知晓。在它黑乎乎
紧贴地面的软体中，要准确地
说出一个词，何其艰难。
要它来到光中，继承一个少年的梦
何其艰难。如果要它毁灭，必须
以你移动的手掌。而它的存在
已经超过了一天。

[决定独自上路的地衣]

在九月，一小片地衣决定独自上路。
它的沉默已经太久，地衣中的颓废派，
躺在那里，呼吸古老的空气，
依赖越来越少的泥层。
它的邻居是蕨草、松针和变暗的绿苔。
从大地之门，一小片地衣决定
去找一片新的泥土，被触及时
不变为泥层。重新排列与行走，
以一片地衣的天赋——如果万物
都有平等的机会，明天
它会从遥远地平线的另一端出来。
一片奇特的地衣，隐藏在我衣服的皱褶里
我为它不可能完成的梦祈祷。

[我从那些刻满字的石头边走过]

在草原上，风会吹走回忆
可我无法忘却曾经热烈的穹隆。
我想记住我所在的地方，记下
紫地丁和茇茇草，我在傍晚把它们打开
却发现它们在白天消失。

没有蜡烛可以点燃，只有星光在唱：
啦啦啦……白天已经消失，
我所在的地方，没有光，只有夜晚。

只有夜晚。我甚至已来不及哭泣。
我说出的，就是我经历的全部
可是风已吹走所有回忆。

我从那些刻满字的石头边走过，
可我认不得那些字，在遍地繁花的草原上
我只是抑制不住悲伤，
却不知道是因为什么。

[那个唱歌的人]

> 不为什么唱歌
> 不为什么就靠啦啦啦活着
> ——王小妮

那个唱歌的人在荒漠唱，后来在暗室里唱。
她唱无字的歌，啦啦啦就这样活着。
人们在巨大的看台下互相挤压，
叫骂声，嬉笑声，一朵花掉落时
离开茎梗的断裂声，玻璃的碎裂声，
铸成一堵坚固的墙不会开口。而那个
唱歌的人，她在路口留下标记。
给掉落的南瓜花，一个装满水的小瓶。
她的声音落入古柏。有人记得某个
夏天的雪。有人记得在半夜烧信，
一个个日子就像一个个大雪球
就这样啦啦啦唱着熏熏然从我们身边滚过。

每一个做梦的身体都是一个琴盒

池凌云

不知从何时开始，语言接近于虚无，“有什么好说的呢？不是都这样吗？”人们常常这样说。我把遇到的一些困惑告诉好友，好友也这么说。

人的一生，牙牙学语时兴高采烈，到了老年，语言就像一条溪流里的水，不知不觉会遭遇流失，年纪愈大，这种流失就愈来愈明显。滔滔不绝的老人，通常是患了什么容易自言自语的病，智慧的老人，大都变得沉默。这过程，就像一开始充满渴望，去获得一些东西，后来整理收纳，往一个个箱子里收集，最后对着装不下的东西叹气。

只有少数人，话越来越多；很多人，话总是越说越少。在生活中，那些脸上写满词语，却紧闭嘴唇的人，像一个个未被命名的神。我从这些人身边经过，会心生好奇。我想知道多一点，感觉他们之中，总会有一些深藏秘密的人。这感觉就像从一片丛林中穿行而过，冒险中自有一种风景和秩序。

写作是让话语活着，是一种挖掘，守候，延续，冒险。阿特伍德说：要是不一直写我就会死。写作是一种救赎。是为了替那些无法替自己说话的人说话。

写作中，那些触及失去的话语部分，不是简单的冒险，这是文学的庄重的时刻，是让某一张嘴里的舌头获救，是干枯的泉眼中冒出的生命之水。但我们大多数时候，面对的是纸页上的空白。无声的话语，无言的时刻，无字的歌，总是比说出来唱出来的更多。让话语活着，写作开始。静寂之中，将流出汹涌的和声。音乐也开始了。

我看见太多无言的人，还有更多我看不见的无言的人。欲说还休，欲语泪先流。他们甚至没有泪水，只有干涸的眼神。

这种无言也带来一些好处。对于失去语言能力的人，生命变得漫长。他们把本来要说的语言隔断处理了，延迟了一种语言的到来，延长了语言的过程。如果是关于“失去”的话语，如果体验这失去的人，先体验了沉默，让词语在时间中漂流，尽管“失去”来临，但这“漂流”也延长了失去的到来。在秋天，我们路过一片果树林，对果实确认的迟疑，也让果实的成熟期延长。

然而，卡内蒂说：这世上从未有过这么多等着被说出来的事情。

如果一个人总是说的比想的多，他该如何是好？是该减少自身还是语句？每个人都会因为某些话而变老。而隐默者所知更多。他们不是有意成为隐默者，而是通过枝叶到达根须的过程。就像一个人在干旱的天气中，慢慢变得忍耐而沉默。某一天，当干旱过去，出现的，将是新的顽强的生命。

[每一个做梦的身体都是一个琴盒]

我对他人的梦境充满好奇。你能告诉我你的梦吗？

我经常做同一类梦。好多次，我梦见在高空行走。在梦中，我很清楚这是一种技能，这技能是一种让身体变轻的能力。我提着气行走，凝神之中，双脚轻轻触着气流，离开地面，在高空看见的树木、房屋、河流，那么完美。在梦中，我对这种技能着迷。

我的美梦不多，相反，我有很多流离失所的梦。我经常梦见自己逃亡，有一次梦见自己被关在一个屋里，屋外是一片空地，透过门缝，我看见很多人聚集着，听管事的人训话。人群中，我的母亲神色紧张，趁人不备给我偷偷送食物，助我逃离。我顺着河边的小路逃往另一个镇的姨妈家。河边的小路很黑，我一路上躲避追踪的人，我几乎就要被发现了，后来，这些人议论着什么，趁着夜色走远。在很多流离失所的梦中，我对这个梦比较忧虑，有一次，我与一个诗人朋友说起，他说，这些都是真的，这些场景会来临的。我犹如遭受一击。诗人是另一类预言家。一段时间后，我才慢慢淡忘这个梦。这个梦境或许在某一个拐角受阻，并没有真的来临。

我的另一个朋友说起他奇特的梦。从能记事起他一直做梦，但没有一次梦境是清晰的。做了几十年的梦，却没有一次记得梦境，这是怎样的遗憾呢？他说起这事时，脸上的表情有点迷惘。梦是额外的礼物。做的梦内容始终模糊，这就像他收到的礼物，里边是空的。我想帮助他，而我好心的结果，只能是把我的梦告诉他。但对于他人，个人的梦境是多么荒诞，不值一提。每次我开口，才说了一个梦的开头，就尴尬地停住了。

我无法对他人说出那些让我悲伤的梦，那些让我感到耻辱的梦，无依无靠的梦，很多次，我在梦中哭得差点岔气，最后都会理性地提醒自己：要么无法呼吸，要么活。好多次，我在梦中这样控制悲伤。因为我要呼吸。

我还有一些即将入梦的时刻，那是去往梦境的途中的迷宫。有一次助眠药失效，人还没入睡，大脑依然在活动，但意识已经开始漂浮，一些话语在断断续续流动，我用手机把这些呓语录了下来。我很后悔做了这个记录，这是一个完全脱离了我的另一个生命在说话。

但我渐渐接受了多梦的事实，我对做梦不再担忧了。只有在做梦的时候，对于人的一切外来规则消散了，我们才可以去经历我们未曾经历的事。做梦的经验，让白日梦多了很多切实可感的内容。这与想象不一样，梦境带来另一种习惯的轨道，不需要苦练，就能自然地滑行。

这样想来，与一辈子没做过梦的人相比，一个会做梦的人，简直是自带隐形琴弦的人，这一点，足以成为多梦的人暗自发笑的理由了。

“倘若没有人生的艰辛，则没有诗人”，耶胡达·阿米亥这话或许有点武断，但一个人如果没有梦，将缺失一个自带体温的琴盒。

[联想的艺术]

所有联想的艺术源于直觉，源于对事物的组合的能力。信手拈来的东西容易被看到，而隐藏在事物表面之下的，需要重新挖掘、构造，受役于它，才有所得。

这过程的艰辛只有少数人才能体会。

我只知道扒开落叶之下的泥层，才能看到里面是否有种子。而更有经验的人，只要看看泥土的形状，看看是否松过的土，大约就会知道。

[永恒之物的小与轻]

一直以来，我对小事物总是保有偏爱，那些落叶、地衣、废弃的灯塔、打铁铺、柏油路上蜻蜓折断的翅膀，就是这些小而轻的事物，让我更乐意去付出感情。我曾经在一首诗里写过：“那站在后面的一个 / 没有名字，也没有肖像，/ 慈悲的创造者，愿你 / 保住记忆里的果园，/ 双目护住泪水，让幼树生长。”这首诗里，那个站在后面的人，是我，也是无数无名的他者，这种人是我最愿意对话的。

记录一种生命经过的痕迹，一种相遇与回响，是对消逝的挽留，也是诗的向往。然而，小事物不会真的只是小与轻的存在。希腊诗人塞弗里斯在诗歌中写过很多雕像，有一次他见到一个古典的雕塑家，他上去致意，结果那个雕塑家跟他说：“雕像不是废墟，我们才是。”这就是塞弗里斯的诗句。他很惊讶，雕塑家能这样理解他的诗句，他觉得很欣慰。读到这些，对我也很有启发，从生活中获取诗意，我们做任何选择都是值得的。而且这些小事物就是我要写的东西，是我要在诗歌中处理、要面对的东西，我想让它们尽可能得到呈现。它们是小事物，在我眼里，也是隐秘的永恒之物。

诗歌的一部分功能就是要理解人类的奥秘，热情地探索任何可能。

有一次，我去参观一个生产起重机零部件的企业，看到展示产品的墙上挂了很多起子，那起子是用来吊起集装箱的吊钩，有各种形状、各种颜色，我当时有点震惊。写作者选择词语，就像重物寻找吊钩一样。“以强力负载抵达精神最深处，挑战艺术的最重物。”我写过这样的句子。

我不知道我写下的，是否能够抵达我期望的那种维度，那种弱的低语、低处的时刻。人和万物之间的联系，还是有待于被说出、被辨认、被发现。在写作中，我们需要那种承载物。但有一点我很清楚，我不是要为那种低处的事物代言，它们有自己的声音，它们的世界非常神秘。我只是要写作，选择了想写的内容。而爱是文字的源泉，它的领域，创伤与美无处不在。

在声音与意义之间

——读池凌云的诗

楼 河

池凌云是当代著名女诗人，在我看来，她的诗有着和许多其他女诗人相似的、对个人情绪的关注和表达，但不同的地方在于，在对这些情绪进行解释时，她引入了一种历史意识和生命意识，展现了诗的观念深度和对世界的开放性。也就是说，尽管诗人的自我形象处于布朗肖所说的“白日之外”，但她依然试图通过对自我感受力的描述向这个“白日”说话（即使这个自我是边缘性的），而在这一过程中，诗的“夜晚”属性反而得到了出显和肯定。很显然，由于侧重于情绪的捕捉，池凌云诗歌的声调是抒情性的，因而她作品中的叙事成分被相应减弱了，由此，写作的主体体验得到了突出，从而也保留了阿甘本所说的在叙事过程中损耗的奥秘之火。换言之，在这里，抒情抵抗了叙事造成的遗忘，因而使诗歌仍具有原初性。

对于今天的经验主义写作立场来说，叙事是一种主要的形式。在故事的讲述过程中，诗歌可能让我们偶遇到那个充满奥秘的片段，我们也可能通过叙述的行进抵达奥秘本身的终点，这为诗的写作打开了很大的空间，但与此同时的是，叙事也可能使诗歌陷入客观化和散文化的境地，损耗了声音与意义之间的张力，从而让我们对诗歌本体产生怀疑。这是叙事的优势与困境。同样地，一首抒情诗也可能面对这样的问题：它把声音灌满情感，从而让情感变成诗的意义本身，取消了“思”的余地。换言之，一首抒情诗最需要克服的是，如何让它的情感不是一种虚假的、过度的情感，进而在感受的真实中为普遍性的真理留出位置。这一任务要求诗人去寻找一种平衡，声音与意义之间的平衡，而这种平衡性的需要实际上也意味着，对诗歌而言，形式和内容可能是矛盾的，即，当语言的目的性和工具性是并存在写作之中的时候，我们需要去协调语言承载的信息与它自身所具有的表现能力之间的冲突。

在我看来，池凌云对这一难题的解决方案是，让诗歌中的情感不再停留在自我身上，而是以自我为起点，让情感成为诗歌的一次机遇，从而与外部世界展开对话，并在这个对话的过程中，体验到个人情感中的普遍性。这种从个人感受出发而获得的由特殊到普遍的理解能力，可能产生了这样的结果：诗人或许希望在自我关心中抵达一种世界性的悲悯。换句话说，池凌云的诗虽然大多数是第一人称的，但她是把自我当成了理解他者的一种启发，这种策略一方面抑制了情感的过度，另一方面也让个人感受具有一种通灵般的能力。如此，写作其实隐含了至少两个前提：第一，个人只是所有人的一个样本，自我身上存在着必然的普遍性，这种普遍性不仅是经验，也是命运，它能够让我们抵达世界的真实；第二，人的存在是悲剧性的，进而，我们需要像关心世界一样关心人，像关心所有人的命运一样关心自我的存在，或者像关心自我一样关心他者。反过来一样。如此，我认为，在池凌云的写作中，积极的可能性和消极的不可能性是同时存在的。在我看来，这种矛盾性的共存也许是她的诗不仅具有情感上的力度，同时也拥有观念上的开放性的原因。换句话说，对个人感受的尊重并将它界定在真实而非过度的范畴中，能够为我们保留具有普遍性的奥秘之火，但前提在于，我们要对存在有所关心。在海德格尔那里，对存在的关心会让写作（确切地说是诗）成为一种近似于死亡的事物，是一种不可能性的可能性，它揭示出人的存在与一块石头的不同，从而在生命终将逝去的压力下命令我们有所作为。换句话说，作为一个自觉的诗人，池凌云的诗歌里也隐含了一种基于关心的命令，当我们将这个命令替换为“责任”时会更加清楚地看到这点，比如在《那个唱歌的人》那里，唱歌的人为何唱歌是无法在功利主义的框架里找到原因的，这使得唱歌这一行为呈现出荒诞的色彩：“那个唱歌的人在荒漠唱，后来在暗室里唱。”但诗人对歌唱的描述表明它具有一种强力：“叫骂声，嬉笑声，一朵花掉落时 / 离开茎梗的断裂声，玻璃的碎裂声，/ 铸成一堵坚固的墙不会开口。而那个 / 唱歌的人，她在路口留下标记。/ 给掉落的南瓜花，一个装满水的小瓶。”这说明，尽管唱歌本身没有十分清晰明确的目的，但它却因为是面对死亡的不可能性所产生的可能性而具有了生命般的意志，一种更加内在而持久的力量。

当自我成为诗歌发生的机遇时，个人感受（或经验）也容易变成诗的隐喻，而不再是一个需要自身解决的个人问题。这是当代诗人经常采用的写作方式，语言在再现经验的过程中参与到了对它的改造，通过加入更多感觉性的材料，而让被还原的经验变成诗的谜面，隐藏着一个谜底，弥补了叙事产生的损耗。这实际上也为诗之思开放了空间。在被认为是池凌云代表诗作的《按摩椅》中，一台机器及其制造的经历显然都另有所指，但诗人并没有被隐喻的目的性所牵制而抵制了诗意，而是在具有隐秘性甚至隐私性的细节描绘中打开想象力的场域，把对世界的观念放置其中。在我看来，《按摩椅》可以认为是首关于控制与反控制的诗，它非常清楚地站定在女性立场上，但同时也展示了女性在这个世界上颇有些矛盾的两面性。诗的第一节和第二节秘密地呈现了这种矛盾，它首先表现为束缚和攻击，随后，束缚不仅产生挣脱的冲动，而且激起了被束缚的对象试图用征服来证明个人对自由本性的欲望，但诗人指出，这个征服需要通过“恳求”才可能被允许，由此显现出一个矛盾：“是否真的有一双手，从虚无中伸出？ / 这一次的击打从颈部开始，直抵尾骨 / 机械的力桎梏了双脚 / 患有幻想症的人，你想去哪里？ // 你想再跑一千米，再爬一座山峰 / 没有人听到你的恳求。”在这几行诗里，“幻想症”是被“桎梏”激发的，而“再跑一千米，再爬一座山峰”则是幻想的内容，但又表现出不断增强的特点，“跑步”不仅是对桎梏的抵抗，也是对自身意志的克服——我们更容易沉浸在不去跑的轻松里，这种怠惰在接下来的诗句里也有体现；而“攀登山峰”则不仅具有上述意涵，并且转化了其中的抵抗意味，展现出了征服者的形象。诗的第三节则显现出了退缩，但它同时展示了这样一种世界真实——逃避自由，放弃抵抗能够带来愉悦，并将产生具有亲密性的好奇。这让人不无感到激动，诗歌因此进入一个更加性别化和身体性的场景里：“你已承受加倍击打 / 就要血脉畅通，心无沟壑 / 你赞许它一次次涌动，起伏 / 期待它改变在背后操纵的习惯 / 走出来，与你面对面。”因此在最后一节，当男性形象呼之欲出时，与第一节相似的控制与反控制也随之出现。显然，从隐喻的角度，我们可以将这种控制与反控制与第一节诗中出现的“机械的力”联系在一起，从而认为这是一首沉思现代性的作品，它思考了人与机器的关系，以及个人与强势系统的关系和互动，进而对人的主体性（在这首诗的意义上它是种自由意志）做出了自我批判。然而，如果我们换回感受的视角，就会发现，取消阅读理解中的社会性内涵，作为一首诗它依然是成立的。它完全可以被认为是对一次按摩体验的比喻性表达，而其中的性别元素则是种增强性的力量。换言之，感官上的感觉作为生命体验的一种形式，实际上较一首诗的哲学表达更具有本真性，足以自我完成。

《按摩椅》是诗人写于 2004 年的作品，我认为它过度的身体性向我们展示了对女性之弱的沉浸。而对于今天的池凌云来说，尽管诗歌呈现了更为明显的悲剧感，但却在这种悲剧中唱出了更高的音调，而让写作具有了更加强大的信念色彩。这种“强”突破了她曾经的性别观念，诗人保留了女性在感受力上的敏锐，但在回应这些感受的时候脱离了原来了性别框架，而是从一个普遍的人的角度出发，对这些感受进行了阐述和理解。换言之，在音色上，池凌云的诗依然是女性化的，但在音调上，它们却是超越性的。在我看来，这种超越性也体现在：诗人已经不再把捕捉并表达个人情绪作为诗的目的，而是让情绪成为诗歌发生的引爆点，引向一种精神性的体验。显然，这种精神体验已经超越了性别的限制，在某种意义上，它甚至超越了人的限制，而是将人的存在笼罩在真理的光照中，汇入一个整体性世界的合唱里。《我从那些刻满字的石头边走过》这首诗比较清晰地呈现了这点，它最初的段落有点像是荷尔德林的声音，在“诸神”从世界撤离的过程中，试图用语言的持存留住诗的奥秘。作品从一个消失与挽留的场景开始：“在草原上，风会吹走回忆 / 可我无法忘却曾经热烈的穹隆。”在这里，自我不仅陷入对逝去的焦虑中，并且以“草原”—“我”—“穹隆”这样的对比画面创造了强烈的孤独者形象，从而以一种极端体验让诗歌的“思”在对世界的感受力中生成。换句话说，诗在感受的极限中抵达了一种精神深度，这种深度也是种精神构造，它让诗歌具有了观念化的特质。诗的观念化并不是说它提出了何种哲学立场，而是说它显示了人对世界的态度及其关系，捍卫了自我的主观。所以在接下来的诗行中，这种态度被展开了，它们不是陈述句，而是施行句：“我想记住我所在的地方，记下 / 紫地丁和芨芨草，我在傍晚把它们打开 / 却发现它们在白天消失。”这个施行句设计了一个目的——“记下我所在地方，记下……”它让剩余的句子变成为了寻求这个目的而开启的精神之旅，呈现出“追寻—挑战—应对”的观念结构，因此，诗的第二节和第三节对“我所在的地方”的描述实际上就是这趟旅程所要克服的挑战：“没有蜡烛可以点燃，只有星光在唱：/ 啦啦啦……白天已经消失，/ 我所在的地方，没有光，只有夜晚。// 只有夜晚。我甚至已来不及哭泣。/ 我说出的，就是我经历的全部 / 可是风已吹走所有回忆。”如果说第一节呈现出的困境是目的性（意味着“我”不知道该做些什么），那么这一部分的困境则是工具性的（“我”不知道该如何做）。它们是些具体的难题，是挑战而不是迷茫，并不影响内心的决定，所以，第四节（也是诗的最后一节）是应对性的，是一种行动，尽管它弥漫着悲哀的语调：“我从那些刻满字的石头边走过 / 可我认不得那些字，在遍地繁花的草原上 / 我只是抑制不住悲伤，/ 却不知道是因为什么。”这一行动是诗歌最初提出的“我想记住我所在地方”的解决方案，它具有自发性和必然性，就像我们在《那个唱歌的人》中提到的，这种自发性很可能就是存在给出的命令，要求我们在不可能性中有所作为，尽管结局并不能因此更改。从隐喻的角度，这首诗具有历史意味，接近了茨维塔耶娃的诗歌形式，但如果我们纠结于隐喻的指向，很容易将写作工具化为谜语设计，而忽视了语言的美感能够创造出远较它承载的信息更加深刻的内涵，事实上，这首诗带来的精神体验明显大于它思考的内容，被隐喻的历史意识融化在了诗歌的氛围里，而成为诗的一种形式化表达，让诗歌的声音进入了更高的意义主题。

出于对意义的需要，我们经常将目光集

中在形式背后的内容层面，但我认为，诗的直观部分比它的间接部分更有价值，诗歌创造的对世界的感受比它对世界的思考更加重要。这是诗的文体决定的。诗与哲学之间既可能联系在一起，又需要在某些时候分开。所以，在我看来，对诗歌而言，隐喻的目的并不仅仅在于去创造一种思想深度，它同时也创造了精神深度，即，诗歌里的隐喻在很大程度上也是诗的目的性存在，而非表达思想的工具。此时，它不是为了便于我们提出怎样的真理性内涵，而就是美本身；就是诗歌感受的部分，而不是它思考的部分。出于这样的考虑，我认为在这组作品中，《海浪灰黄的表皮》《几块鹅卵石，在我的书桌上》《井的变形》等诗作，较之于《我们该如何收集雨水》《渺茫而轻盈》等，有着更大的开放性和更高的精神层次。在《海浪灰黄的表皮》中，最后的声音是中断的，它发出的回响与灰浊大海的视觉形象相互应和，转化出了精神性质的体验："宏大的折叠与覆盖。/ 持续的转轴，让陆地跟随。/ 一道道伤痕跟随一只海鸟 / 起伏。海中的生物在翻滚。// 它们发出哗哗的声响 / 有时发出嘶嘶声。它们借一个 / 孤立无援的人的嘴 / 朝我们讲述——" 而在《井的变形》一诗里，隐喻作为声音而非意义的特征表现得更加明显，诗人设计了一个神话般的难题性呼唤了"我"以行动来应对它，其中的思想并不复杂，但它创造的感受却是深刻的，它足以产生一种力量要求我们做出回应。换言之，这个隐喻提供的不是一个可以考虑和辩驳的思想，而是超越理性、充满力量的指令。

在我看来，当代诗的写作是个极端竞争的场域，这种"内卷"导致诗人们过度看重显性的技术指标，而对个人在世界中的真实感受造成遗忘。池凌云具有充沛情感力量的诗或许表明，她的写作并没有被这种竞争裹挟，她不仅以抒情克服了叙事可能造成的诗歌原初性的损耗，也用深刻的精神体验保卫了诗之思的空间，这让她在中国诗歌中形成了独异的存在。我认为，她的写作维系了声音与意义之间脆弱的平衡，这显然是更加重要的。

实力榜

Major Poets

Cao Tang

陈巨飞
CHEN JU FEI

【作者简介】陈巨飞，1982 年生于安徽六安，现居安徽合肥。中国作协会员，安徽文学院签约作家。作品发表于《诗刊》《人民文学》《十月》《中国作家》《小说月报》等；著有诗集《清风起》《湖水》和英文诗集《夜游》。参加中国作协第十次全国代表大会、第八届全国青创会、诗刊社第 34 届青春诗会。曾获安徽诗歌奖、李杜诗歌奖、中国青年诗人奖、十月诗歌奖。

月光列传（组诗）

◎陈巨飞

[月光列传]

月光者，空城人也。呈稠密状，从瓦缝
一点一点地滴落下来——
曾经漏雨的地方，也是月光的海关。
风递出一张树叶的请柬：
谁没有房屋，就制造废墟。谁孤独，
就在积满灰尘的窗台，唱一首歌。※

天亮之后，就此别过。熏黑的墙壁，
难道与月光无关？它还没学会
洗去烟火味的文身——
给传说镀银的时候，它也在
给自己洗白。书上说，曾有人
在涨潮的时候飞升到一枚铜镜中……

醉话说了两遍，就是酒神的复调。
月光，照在昨晚照过的地方，
成为时间的位移。完美的酒壶，
月光拒绝进入，它偏要深入
残缺的部分——这就是悖论。

月亮那么远，有人紧攥着奔月的票根。

※：化用里尔克诗句。

[春潮带雨]

打伞的人搁浅在春雨中。如果
是一把自动伞，
他将在语言里伸出弹簧——
他需要把十字路口
竖起来——他的背上，
有被世界摁住的部分。

由于黄鹂上紧发条，不得已
顺应鸟鸣般的剧情，嵌入
一个打黑布伞的人。
他必须找到津渡，把伞倒置
——舟楫掌握在时间的手里。
涧边幽草，是荒芜的一群。

孔子在河边喟叹，赫拉克利特
则在对岸洗脚——
天空的边缘适合留白，迷途的人
说了同样的废话。一沓潮水，
数起过去；一阵风吹，
掀翻艄公的油纸伞。

[中年书]

一粒火，坐在柴中。一捆柴，
从山中砍来，衰朽成为
一种修行。而修行，由什么构成?
按这么说，中年之后，
火苗修复烟囱，
炊烟在空中走钢丝，治好恐高症。

走夜路的时候，你的胸膛
毕剥作响——很久之前，你曾
一口气饮下大海。
这么多的咸，你要咳出来——
在火炉边析出泪水。
对着明镜，看见白花花的盐粒。

隔壁，狮子在酣睡，女儿
在弹琴。预报里的雪还没有下，
斧子生了锈，斧柄上
长出一朵木耳。
“浮云擦了那么多遍湖面，
也还不清樵夫欠下的债。”

[蟋 蟀]

秋风起，蟋蟀误入一场宫斗剧。
我在一本旧书中找到它，
那个笔名叫“促织”的，是不是
一直藏在分针细长的脚里，
给自已织一件隐身衣? “唧唧，
唧唧，这人世的欢腾还应继续。”

有人在我的耳边给遥远的地方
发一封电报：接电速回。
池塘把月亮复制下来，清风
却不知道自己该去哪儿。“唧唧，
唧唧，如果粘贴在玻璃上，
它将失去自我，成为一个影子。”

夜晚多漫长。火车哐当一声驶过，
像陨石落进水面，从而收获

更多的光芒。这种经历不值得
被讲述，这种声音不属于
精致的笼子。“唧唧，唧唧，
草丛足矣，喉咙里有自我的索引。”

[糖 人]

甜，成为一种记忆，诸如某种
失传的、失败的骗术。
爱吃糖的人吃了一口沙子，如果
他有搅拌机一般的胃，有
花岗岩一样的牙齿——
鸲鹆给他翻译：盐碱地！盐碱地！

他只好挣断自己的根须，远走
他乡，沿街叫卖苦丁茶。
人的一生，就是不断地中和自己。
月光在酿蜜之前，刚刚从一块
海水里泡大的礁石脱险——
血液连同茶汁，都在泡沫里沸腾。

在一幅糖画里，甜变成某种声音，
以及气味。糖人的笛子没有孔，
但曲子一定很婉转、动听。
后来，他走进这幅画，成为
人们谈论已久的话题：当他化掉后，
日子不再寡淡，传闻有一丝甜味。

[松果搜集者]

我的语言庭院，植有一株松柏。
它，枝繁叶茂，四季常绿。
我不是船，能渡过弧形枯河。也不是梯，
可以到摩天大厦，去找黑镜子。
我的语言庭院，住有一位隐士，
白苍苍的双鬓飘满怀旧章句——
在深信和质疑之间，
在已逝之物和将来之物之间。

谁都看见了处惊不变的树
及立场不稳的河。树，是站着的河。
松针收集在秋天的针线包里，
空谷里的松梢斑螟，不知道存在主义。

我不是松果体内的疼痛，我不是
河畔那一只飞离现实之泊的白鹭。
原野丰盈，果实饱满，
人世的幸福不过如此。

[水 路]

河，湖，海，以及七岁时学会的游泳，
全都联系上了。这次走的是水路，
水路好，足不粘灰，官服鲜鲜亮亮，
速度也比较快——
昨天还在江陵，现在已抵达安庆。
“船家，在江中煮雨如何？”
“老爷，欠东南风。
镇江的醋，只剩一壶了。”
是啊，只剩一壶了，黄酒也一样。
落日也没有差别，从两岸的山头滚下，
径直沉入河底。“老爷，道光年间，
水路上的蛟龙跑了大半。
没走的都变成了江猪。”
众多的时光落荒而逃，像流水不归。
它苍白、脆弱，终会将胸腔的血吐尽。

[创作谈]

我的母亲不识字。多年前，当她捧起我的第一本诗集，看到扉页上那张西装革履的照片时，她浑浊的眼睛里充满幸福。她语重心长地告诉我，诗要好好写，千万不要写错字，让人看了笑话。

母亲当然不知道诗为何物。诗歌，对于母亲来说只有一个问题，那就是“不要写错字”。她的最高要求，与我而言似乎是基本素养。

曾有人问我，你在诗歌写作上遇到的问题是什么？我回答说，在写诗之前，我并不知道哪里存在问题；下笔后，我总是与各种各样的问题狭路相逢。我的问题，可能藏在某类题材、某种修辞，甚至某个诗句和词语中——它是一个个具体问题组合而成的一个复杂而无法归纳的问题。

一直以来，我与这些问题纠缠不清，写诗成为一种精神内耗。在我试图理清这团麻线、想找到本不存在的线头时，这场旷日持久的僵持已经超越琐碎的小问题，成了写作的大问题。也许写诗仅仅是盲人摸象或管中窥豹，我不知道，我该在岸边垂钓风云，还是一口咬住现实的鱼钩？

某一天突然想起母亲说的“不要写错字”——我做到了吗？在空无一人的旷野，如此的月光，我用什么词都是错的。夜深人静，每当我与自己的影子对话，从来都是词不达意。在锋利的现实面前，我那么精心地琢磨自己的语言，想要取出刀锋上的寒光，可到手的，往往是一小块铁锈……

于是，母亲治好了我的诗歌内耗。当我意识到这一点时，所有的问题几乎迎刃而解。从此我只专注于一个问题：在诗面前，如何把字写对？

张进步
ZHANG JIN BU

【作者简介】张进步，1982 年生于山东金乡，现居北京。作品曾发表于《诗探索》《草堂》《诗刊》《星星》《北京文学》《诗潮》《绿风》等，诗歌被选入《中国诗歌年鉴》《中国先锋诗歌地图》《中国年度诗歌》等。有诗被译为英文、韩文等。出版诗集《那天晚上，月亮像一颗硬糖》《坐在无限星河之底》等；另有自印诗集《推门人》《再安静一些》。曾获第二十届华文青年诗人奖。

秋夜七弦，及其他（组诗）

◎张进步

[秋夜七弦]

这天晚上，一定有什么在召唤我
凉风透过窗子吹进来，天上无星无月
还在值夜的灯火，一盏比一盏静默。
我从卧室爬起来，走进书房
蟋蟀：秋日的经典诗人，已经先我一步
开始吟唱。我打开折叠的笔记本：
这是我即将开始振动的两扇翅膀

[秋夜七弦 · 后半夜的漫游]

凌晨的两点钟：驾车
驶入一座城市的大街小巷。现在，执勤的只有红绿灯了
但街道开始变得宽敞，如同一条条松软的血管。
这时的我：一粒红细胞，孤独地游走在一个沉睡者的体内
当所有的细胞都以同样的鼾声扩张着夜之海的波纹
唯有我在毫无目的地穿行：在一个真正的梦中。这个沉睡者
当我在他的血管里游荡，他身体的哪个部位正在微微发烫？

[秋夜七弦 · 独坐]

有时候不想开灯，独自坐在黑暗里
房间外的灯光透进来：一条条光斑组成鱼群

在墙壁的潭水中露出脊背。这当然是一出戏剧
看戏的人也是写戏的人，就好像此刻
我自深深夜色中醒来，坐成夜色的一部分：
夜色中最浓重的那部分；远处的山峦
也在夜色里浓墨重彩地呈现，与我遥相呼应。

[秋夜七弦 · 中秋夜在八大关礁石上看月]

是谁在摇晃眼前的大海：轻轻晃动着透明的酒杯
让里面深蓝色的鸡尾酒散发出咸涩的气味。
一片黄柠檬：中秋之月，在被投进这杯液体后
更复杂的味道便开始从杯底滋滋冒出，成为细碎的气泡
在人的鼻腔、喉咙到胸腔之间，不断发生着微小的爆炸：
有场战争打响了。我远道而来，只是想看看秋日的大海
却在不知不觉中端起了这杯酒：整个太平洋的孤独。

[秋夜七弦 · 白露]

露珠是月亮的复制品：亮晶晶的事物，在人世间流通
但它们被消耗得太快了！以致当有一天我听说
女人们喜欢把珍珠磨碎作为化妆品时，我知道那是把
露珠和花朵之间的秘密暴露了：根本不是什么伤心的泪水。
这一夜注定不能平静，我想起白天我在高速公路上的所见：
楼宇、桥梁、道路、车辆，人类的造物使用的都是规则的线条
但树木是散乱的，云朵也是；露珠、月亮和秋天，在这一切中间

[秋夜七弦 · 难以尽言的时刻]

秋雨像一列火车鸣响，在这个迟迟不愿明亮的早晨
闪电接连几次画过天空的草稿纸，楼房和树木的影子
才被勾勒出来，但仍然脏脏的，铅笔的痕迹还在。
我有幸在此刻接到了凉风的信函：白天来了，但夜晚还在

秋天来了，但夏天还在。这是一个难以尽言的时刻：
闪电一次又一次地打破，令人恍惚看到了一些金色的答案
秋雨又用细密的针脚弥合，把我们牵回到庸常的生活手里。

[秋夜七弦·停顿]

大风呼叫了一夜，持续多日的耳鸣突然好了
我起身坐在黑暗中，这具肉身略显沉重了些
但在夜色里并不突兀：我摁住了开灯的念头。
突兀的是灵魂。不远处，一个又一个
亮灯的窗口：这些生活的机器仍在低声鸣响
唯有我顿了一下，像心跳漏了半拍，像随手
敲下一个顿号，但随即一切又顺畅地接了下去

[秋夜七弦·风，神秘的吹奏者]

风在空瓶子里吹奏的这个秋天，我的身体也被吹奏着
用那些从瓶子里倾倒出的液体：令人眩晕的透明火焰。
我站在楼道的阴影里时，总能听到窃窃私语的交谈声：
这座大楼也和我们一样，和这些空瓶子，以及我这样的人
一起用内心的颤抖和世界产生着共振。有一夜我酒后醒来
感觉到空虚容纳着一切，并且发出了清晰的回音
这是灵魂出窍的体验——一切都在夜风中慢慢地飘零。

[在香山玉华寺前]

我在一棵松树前认出了自己
并决定不再对肉身中的这条命
报以无尽的苛求：松树伸出了绿色的琴弦
鸟雀的音符跳动于其间，在拨弄万物的风里

[早 晨]

早晨，喜鹊拧亮了
太阳的灯盏。
我又一次打开通宵未合眼的窗户：
两个陌生人从我的窗外走过
头也不回地走向永别。
只有他们的影子
在阳光下
短暂地重合过一次。

[意象戏剧]

夜的铁幕
从四面八方合拢
越来越小，终于
合拢为一个黑色的机箱。
远远近近的灯火
以某种神秘的算法排列
但我此刻早已算不清楚
加之天空又闯入一架飞机
机翼上红灯闪烁
正与地面的灯火相乘
美妙的数值开始飙升。
这时我的脑袋里
钨丝滚烫
我也很明亮。

[冬日清晨远眺]

冬日夜长：七点已过，天还没亮透
远天是通红的火光

我坐在客厅阳台，看天际的红色
一层又一层地向上消退
与此同时，天之下那把青黑色的利器
也已经开始吐露出白色的锋芒：
那是青黑色的人间
正在淬冷水的人间。

[月痕]

此夜有月：按在天上的
一枚手印。
我伸出食指
夜空展开长卷
每一颗星星
都暗含律法。

[创作谈]

我仿佛走在一片荒莽的旷野。这两年这种感觉越来越明显了。其实不止这两年，这些年我的状态就是在旷野中寻找。手里拿着一面镜子，这面镜子的名字叫作“现代性”。不时地，我会把这面镜子举起来，对着遇到的事物进行观照。

至于要寻找的那个目标是什么，我并不清楚，也许那是一头大象吧。我只知道，我一直都在路上。寻找到最后，也许并没有找到那头大象，也许我只是找到了大象凌乱的脚印，也许根本就没有大象，但这就是诗——我们所得到的，一定不是我们所追求的，但一定是我们在行走的路途中所经历的。

在这条寻找的道路上，我也逐渐明白：在写作上，我唯一需要遵循的，就是听从自己的内心。每个人都要在自己灵魂的底色上写诗。我越来越知道自己是什么样的人，也就越来越看不懂自己。这种看不懂意味着，我不可能写一种标准的作品。因此我对“正确”“大道”“先锋”都充满疑虑。这并不代表我反对，只是我不准备那样去写。

从写作的追求上，我要提到“纯诗”：一首诗必须从“内核”上是诗。如果一首诗里面没有那个本质的“诗核”，诗并不存在。而如果捕捉到了那个“核”，无论是用什么形式把它塑造出来，它都是诗。

从将来要成为的诗人形象上，我希望自己成为一个建立了自己的“坐标”的诗人。每一个坐标的树立，都为旷野建立了秩序。但要成为这样的诗人，在内要有强大的内驱力，在外要有诸多新发现。

影 白

YING BAI

【作者简介】影白，本名王文昌，1977 年秋生于云南昭通。参加诗刊社第 30 届青春诗会，第 31 届鲁迅文学院高研班学员。著有诗集《红尘记》。

旧句得新诗（组诗）

◎影 白

[尺 牍]

夜雨积在书房屋顶上
然后沿着排水槽
流下，滴落于
一个缺一木把手
废弃不用而泛黑的
大铝锅里，它们时而
舒缓如低泣；时而
急促如呼救……这尺牍
竖着的字迹，尚有今日
流水的气息，瀑布
倾泻飞溅一般的气息
而我怎以乱石之躯接住这
流逝声嘶力竭的訇然？

[迸 裂]

瞧月光下，一畦静谧的青蚕豆正
渐次饱满趋于成熟，正鬼使
神差地召唤着一千只羽翼渐丰的蟋蟀——
一种烟花般的迸裂，一触即发而无须
一根导火索的质疑——此时
我转身仰望的星空，闪耀如一种倾诉。

[旧句得新诗]

清脆鸟鸣擦拭着城中村黎明
空荡荡的菜市。二十年如
一日的肉案上，每日的曦光
睥睨着我目睹过的一切：
有时赤膊的黄屠户，下刀精准
娴熟堪比庖丁解牛；段老七
深谙鱼之秉性，把鱼从镀锌铁皮
水槽中捞出、敲晕、刮鳞、剖腹
掏心，从不手抖；有些勾腰
驼背的陈三哥，置炉架锅滚油中
炸金黄油糕多年，直面炽热
生活早已驾轻就熟；时常在
午后菜摊上打盹的刘文书
他时常蓬头垢面，却是整条
巷子里，最为彬彬有礼的一位
据说他家中有藏书过百；曾经
也开过杂货铺、贩过蔬菜的我
那时，乐于披头散发，脚下
穿一双人字拖，啪嗒啪嗒地
摆摊、蹬三轮送菜、收摊
街边喝酒，从不关心贾宝玉
最后是流落街头，还是出家为僧的
一个酒胆比酒量大的市井之徒……
此时，夜深如一方拙朴古砚
令我不禁想起，自己曾写下的
一句旧诗：“我饮尽万家灯火
亦纵容横冲直撞的萤火虫！”
顿时觉得气顺，心安片刻。

[虚室生白]

久居书房，我逐渐明白
月亮的昼伏夜行
并非选择，而是一种不自知的
宿命在晨昏有时的墨蓝色
天际线之上
貌似微尘一般
飘聚，迂回，消隐。

[纳凉辞]

为了避免重复，深绿色三叶草
尝试着长出了第四片叶子。

为了遏制焦虑，一座巍峨雪山甘愿
俯下身去，做一面容纳天空的镜子。

为了赢得尊严，一棵垂柳卑躬
屈膝，将根系探向更深的未知世界。

为了安静下来，一个水龙头选择了
养精蓄锐，直面大海波涛的诱惑。

为了走得更远，我写短诗
刻舟求剑，然后破釜
沉舟，坐在一口深井中看
伸进来的一个个好奇的脑袋。

[追 忆]

可否从一盏我清晨
新泡的茶水中
折回到一个多义的傍晚？

记忆的漏洞，无法修补

甚至越来越多
但并不妨碍千丝万缕的晚霞
呈现一首诗的雏形——

试图删除大雨将至的燠热时刻
我茫然枯坐
却汗流浃背
——仿佛完成这首诗
约等于闪电击中
密室里，一棵塔松的概率。

而在这首越来越模糊
不清的诗中，雨水
沁凉不自知，我孤愤不自知。

[幡然一愣]

“毋庸置疑，人过四十
时间在身体内沉积下来的淤泥
越来越厚，愈来愈多，放眼望去
貌似一片蔓延而无人知晓的
黝黑的渊薮。”这噪音般引号中
突兀显现的淤泥，并非
衰老的意志，一种
自然而然的吐故纳新——
我权当它们是讳莫如深的人性
遭遇善，而临别时欲言又止的赠言。

[微 苦]

清泠小雨一夜
连绵，我口中青菜微苦
如同一种玄妙祈祷：
但愿这尘世所有的
罹难和战争，只存在于
纯属虚构的电影里；我束之高阁
不经意间，抽落在地而打开的
历史书中。唯愿这祈祷
无穷尽之时，而我口中微苦
荡然无存，在雨霁之后
诗僧苍雪的水落石痕枯中。

[砚池边]

碧空的静止
对应着浮动的枯芦苇

——这不对称，意味着一种
抵抗，此消彼长
而不竭，如萋萋白茅？

淡黄抵抗着青蓝，
谁将在这不对称的审美对峙中
脱颖而出？

呆若木鸡似的孤僻
苍鹭，以单立一脚而支撑
自身之重量的
那支千锤百炼的枯笔
一直戳在
沉疴满身的淤泥里纹丝不动。

醒来，我头斜枕着
墨绿色的砚池边，呼吸均匀
如一条沉潜于水底的草鱼。

[创作谈]

我并非目击道存之人，写诗不过是一种盲者的凿壁借光。

诗之叙事并非为了抵达某个中心，而是力求摧毁这个中心。在叙事递进式的一步步推进中，语言在其中形成自身的奇异气流，恰似诗在事物中所闪现的一个个高光时刻。

若是把我的一些诗剖开来看无非就是，语言的巨型挖掘机之躯和一颗蝼蚁的屈辱而脆弱之心。

拒绝诗，我正变为诗——德里克·沃尔科特如是说。若是把“诗”置换成“孤独”一词会如何？大概会是这样：拒绝一场姗姗来迟的夜雨，我正在成为这场雨。

一个奇葩招牌、一张管道疏通小广告、一份苍蝇馆子菜单、一张阿司匹林说明书、一则寿终正寝讣告，等等，我从不拒绝这些碎片式的阅读，甚至觉得它们是必不可少的一种滋养。写诗不就是锔补这些碎片、化腐朽为神奇的过程吗？

在写作过程中，是我驾驭语言，还是被语言所驾驭？大多数时候在一首诗中会出现一种状态就是——并驾齐驱。在写作者构建的语境中，激流与暗礁比比皆是，歧途也可险中通幽，平川亦会突现悬崖，而谁在谁的时空腾挪辗转地推进？我姑且以此一问为续，或许这就是写作的意义之一。

日常的超验性，乃是坦然接受自身的无知。我格物写诗，就是对这无知的再教育，一种身体力行的敬畏。

诗之写作并非一种在场的重塑，而是一己之见、之思的再次命名。

语言的张力有多大，诗所营造的寂静就有多广阔无垠，而泅渡其中的思想必将千回百转，更加意味深长。

对事物保持一种永不枯竭的匮乏感，犹抱琵琶半遮面，是对诗的最好的敬畏。

看似单一实则深邃的文本后面站着怎样的一个写作者？他抒写一片飘落于河水中的柳叶，会不会动用一整棵柳树，甚至是世间所有柳树的况味？貌似这样的写作，都是写作者智识与天赋的四两拨千斤。

以诗之名，与世界和解，休戚与共。

非常现实

Life And Poetry

Cao Tang

大地之上的怜悯（组诗）

◎纪开芹

【作者简介】纪开芹，安徽寿县人。中国作家协会会员，安徽文学院第六届签约作家。出版诗文集《修得一颗柔软之心》等四部。参加诗刊第33届青春诗会。曾获第十一届『诗探索·中国红高粱诗歌奖』、安徽省政府社科（文学类）奖。

[我是……]

我是母亲针下棉线
被细腻地缝在老旧时光上
我看着这双手粗糙、褶皱、颤抖
在纵横交错的掌纹中
显露一个人短暂而悲戚的一生

我是她年迈喉咙中嘶哑的部分
深知这些年她何时号啕，何时低泣
人生大半时间都是在争吵中度过
现在，我是她失去的声音
保持应有的沉默

我是长夜漫漫，窥伺她脱去外衣
这副七十年的躯体中
包藏着疾病、羸弱、期待、不甘和顺从
我看到她辗转无眠
用一粒药压住生活的肿瘤
压住这一辈子的苦痛

[生于斯]

她有着朴素的气韵
有着从日子里提炼的处世哲学
这里的人到最后都活成一部典籍
脸上刻满时间的密码
我生于斯
长于斯
还将老于斯
从不曾移动半步
迷恋她亘古不变的晨钟暮鼓
迷恋一部分时间在闲散中度过
一部分人融入落日

炊烟
河流与旷野中
再也找不见
一个偏远的村庄
陈旧与新鲜并存
她的岁月单薄如纸张
历史中的事件
仅仅是候鸟辗转迁徙
石头记录下死亡与新生

[井 水]

高温季节，它冰凉的脚步
经过稻子干渴的内心
你要记着
它在黑暗中长途跋涉，所做的一切
像记着天上的事物那样，你要记着地下——
看不见的涌动，等待，蓄积
那些尚未见过世面的水被叫作甘泉
记着它们对大地之上的怜悯

它从不曾离开
养活永远跳不出来的青蛙
天空只有井口那么大
再大，于它也没有太多意义——
一只青蛙的梦想，可能不是深邃的苍穹
而是守着清凉，在井底向一只木桶
打听一下人间生活
如此，而已

它望向天空的眼睛，收留了多少云朵
它清澈的内心
又映照出人世多少斑驳
在村庄深处，一只酒杯里盛满琼浆
他们每天饮下一小口
生活就多了一种滋味
但现在，它古老的身体上长满青苔
——那是时间的锈迹找到了依靠

[忍 冬]

……我如此着迷
一朵花
仿佛一个人一生的隐喻
在暮春的田埂上，我又一次看到你们
混迹于荆棘，从尖锐的小刺中挣脱，踮起脚尖
朝我招手

还有什么花能看到我?
除了她们。这几十年时光里没有多少花
光顾过我的身体
——我是杂草的聚集地
习惯于对着草描绘花朵
在草面前，拉近我与一朵花隔着山高水长的心

她们簇拥在池塘边。我从藤蔓间看到
一个人经历严冬后，再次返回闪光的田野
带来寒冷的修辞，用在繁华之上
花朵如何涅槃，人又如何向一朵花蝶变
她们怀着各自秘密
内心有难以言说的悲喜

我不想偏离得太远（组诗）

◎邵纯生

【作者简介】邵纯生，山东高密人，中国作家协会会员。作品发表于《诗刊》《草堂》《作家》《山东文学》《湖南文学》等，入选多种年度诗歌选本。著有诗集《秋天的说词》等。

[无可替代]

我似乎一直在往边缘上游移
日复一日，接近着生活的虚空

我不想偏离得太远，愿意待在老地方
是灵魂趁我打盹，挣脱开我的肉身

我小声劝它回来，它却伸出看不见的手
扯住衣袖，又把我往外拽拉出一圈

不敢再挪了，得守住底线，任凭它嗤笑
羞辱，难听的话听多了，无所谓了——

我是一个攀缘到中年的人
我有我的无人替代的使命和责任

我不能只顾贪恋天边虚幻的星辰
迷失在黑夜，回不到老少俱全的人间

[像那只鸟该有多好]

不知道春天的午夜竟如此宁静
父亲昏睡三天三夜了
面对苍白的月光、床单和墙
我愿是窗外那棵发芽的树
父亲像栖息在枝头的鸟
一声叽喳，就打破了这难耐的死寂

[龙套]

我出现在一部开机的影片中
镜头从白云游弋的天空摇下来
缓缓推近一棵大树
导演叫我躲在树后别出声
只露出后脑壳和长衫一角

我客串的剧中角色
几乎都有着相似的命运
这并不比见到的更糟
有人一辈子靠演戏吃饭
只剩下一段不见人影的话外音

欣然在生活的舞台上跑着龙套
确信夜空，即是残缺的星辰
也会给他一个闪动的光点

[母亲的名字]

父亲苏醒了，奇迹般恢复了
生存能力，一天比一天好
一个从死神手里侥幸逃脱的人
口齿不清，却滔滔不绝地讲述故事

父亲看人的眼神像个小孩
他最早认出了我的母亲
他给自己的女人起了若干个名字：
单桂兰，刘秀琴，王晓琪
母亲轮流扮演着这些角色——
婆婆，妹妹，和她的宝贝外孙
无论父亲喊到哪一位
她都痛快地变换音调，答应一声

我本草木（组诗）

◎阿　未

【作者简介】阿未，中国作家协会会员。作品发表于《作家》《诗刊》等；有诗作入选数十种选本。诗集《在靠窗的位置坐下来》获中国作协重点作品项目扶持。曾获吉林文学奖、中国年度诗歌奖等奖项。

[黑发记]

用什么词形容这几根藏在白发中的
黑发，如逃亡者躲在
迎风泛白的杂草深处，如
不甘沉沦的最后一次表白，来控诉
杀无赦的时间，可是
越来越多的失地，早已成了它们
再也回不去的故乡
日日退守的窘境，也不够它们用完
今生了，时间终将把它们
削株掘根，让满头虚白成为青春的
遗址……

[失眠记]

被夜晚孤立的人，在黑暗中以目光为剑
用虚无的剑锋，试图刺穿
深夜的壁垒，他屏住呼吸，听周围
熟睡者的鼾声此起彼伏，如
锋刃之下散落一地的残垣断壁
在夜幕中发出破碎的声响
作为睡眠的抵抗者，他就这样
以目不交睫的姿态，与寂寂的时间对峙
在被夜晚孤立的陡峭处
他努力保持着平衡和清醒，仿佛
一不留神，就会陷入沉睡不醒的深渊……

[犹如一片叶子在春天的树上]

应该写诗，应该把自己不值一提的人生
用诗来表述一下，用几行文字
重塑一下我的无足轻重
作为一个早已沉入生活底部的小人物
我总得以自己的方式挣扎一下
至少要用一些动词或象声词
表现我的存在和
越来越微弱的喘息之声
至少要写出几个明朗一点的句子
以证明我与生俱来的趋光性
我写的诗，要勾勒出我并不清晰的轮廓
犹如一片叶子在春天的树上
阳光下的绿意，闪现的毕竟是
光芒与生命……

[我本草木]

我本草木，喜爱春夜之雨，喜爱
五月君临，赐我一片盎然
在微风和暖阳下
悄然亮明身份，草青花红
或者到一棵树上去
做一片新鲜的叶子，在风中点头
低语，对温热的时光表达我
深深的谢意，我不是孤身一人了
此刻周遭都是疯长的声音
我在这天晴风暖和
一众向荣的事物中，以自己
荧燎之光，应和五月最朗目的
盛放……

从未报答草木之恩（组诗）

◎郑 伟

【作者简介】郑伟，湖北荆州人，中国诗歌学会会员、湖北省作协会员。作品发表于《诗刊》《星星》《诗探索》《绿风》《诗歌月刊》《扬子江》《中国校园文学》《山东文学》《陕西文学》等。自译英文诗发表于多个国际期刊。

[我从未报答过草木之恩]

食草木而生，抱草木而死
我身体里富含草木基因

草木替我饮下
冰冷刺骨的雪水和忧伤

替我深入泥土
探访远去的朋友和亲人

又譬如此刻，暮色四合
落日取走万物的影子

我眺望文湖对岸的迎春花
它多么像一盏灯，握在

某个信使手中。它亮着
仿佛是为了减轻我的羞愧

[父子和鱼]

鱼是自己的航海日志
鱼驮着时间的鳞片，跋山涉水
像文字落在父子的生命里
游在第一行的是鳜鱼
父亲和少年在暑假用竹篓网到的
江水宠爱，鳜鱼未经风浪
一脸憨憨的表情
下一行是鲮鱼
父亲送少年来南方读书
鲮鱼在餐馆的透明水箱里游弋
风轻云淡，两耳不闻窗外事
紧接着的一行是鲩鱼
父亲搭运鱼车送黄豆酥去学校
发动机整夜轰鸣，只有鲩鱼
把他骨骼的咯吱声当成音乐来听
转眼少年变成父亲，一行行鱼游回来
他面前的白纸快要撑不下了
可他不敢伸手去捉，光阴清浅
他怕触碰脆薄的余生

[内荆河：1972 年的冬天]

内荆河就在老屋后面
它在八十年代变成一排小水塘
水塘又改作棉花地
可在父亲的记忆里，它是跑过大帆船的
下至汉口，上通沙市
还有一年一度的龙舟竞渡、锣鼓喧天
把古往今来的忧伤、邻里间的宿怨
热热闹闹地冲走

翠鸟和喜鹊交替衔来的四季
被母亲晾在门前的篱笆上忘了收
天不亮队长就喊出工
天黑了才来河边淘米
可新月啊，像一把腰肌劳损的梳子
梳不动内荆河一尺厚的冰
母亲把苦水咽了又咽
望着黑黢黢的老屋出神

[鱼的腼腆]

分别多年的亲人更加腼腆
他们活着的时候沉默寡言
把腰酸背疼借躬身的鱼罾说出来
把饥饿和寒冷密密扎进鱼篓里
他们编围网、放马尾、摆迷魂阵
借鱼苗说风调雨顺，借火苗说团团圆圆
河岸那件梨花下水衣，他们总舍不得穿
一穿就是阴阳两隔。三月梨花又白
他们捎上比鱼油还珍贵的雨水
过来看望自己的孩子
回去后，又嘱托勤快的鱼鹰
把红彤彤的朝阳抬来
用鱼饭喂养的朝阳
流着和亲人相同的血
它那么小就日夜奔波
那么小就变得沉默、腼腆
越来越像我的亲人

最青春

Younger Poets

·四川青年诗人专辑·

Cao Tang

荒草铺满鹞儿岩（组诗）

◎邓靓

【作者简介】邓靓，笔名亦寒，生于1996年7月，四川南充人，现居成都，成都市新都区作家协会会员。曾获第三十五届全国大学生樱花诗赛优秀奖，有作品入选《四川诗歌年鉴》《四川诗人》等。

[飞行小记]

它们飞行时，有时仅仅是轻薄的樟树叶子
而有时是一朵朵巨大的乌云
人生的每一天，它们总会掠过我的头顶
如同雪山之巅的雄鹰扑腾着翅膀
时刻准备俯身冲向海面，去仔细观察
海浪的汹涌和平静。即便如此惧怕与重力抗争
在人生的某一天，我也会成为飞行的一员
可是天空如此空荡
我孱弱的身体可以携带什么，水?
火把，玫瑰花园，或者温暖的春天?
它们都不是我即刻拥有的。
难以想象这是一趟多么艰难的行程
但能够确认的是，我愿意将身体抛向天空
颠簸的气流始终摇晃着平静的生活
可是飞行一旦开始，我便忘记了我是谁
我想始终与地球表面保持着距离
没有人可以轻易琢磨出我的重量

[鹞儿岩※ 小记]

静默。烟囱再次冒出白烟
我们正行驶在回家的路上
这个特别的傍晚，火烧云在山顶猛烈燃烧
一辆越野车从山脊上驶过，穿过火的笼罩

鹞儿岩的背后是峡谷，总有成群的鸟类
不断飞过陡峭的悬崖
它们中的少数，在这里筑巢
更多的是逃到山的另一面

为了衔回更高的白云，再也没有飞回来

我曾惊叹过什么呢？落日的宏大与壮丽
精湛的凿石术，庙宇里众神栩栩如生
每到秋天，稻子和稗子相继倒下
没有人知道，我沿着泥泞的石梯路向上攀登

那是冒险，也是命运。忐忑的是
并非每一天，鹞儿岩的怀抱中都有人出生
但一定有事物逝去。如果鸟瞰下去
眼前群山环抱中孤独的房屋
如同空洞的墓穴

我们离开时，夏日的燥热正逼近村庄的肺部
晚上我梦见自己肺热，咳嗽不止
梦见离开村子时，没有一双手试图拉住我
而途经田地里燃尽的火堆越来越多
像耸立的墓堆

※：鹞儿岩，家乡地名。

[山雾]

这样的场景：桥下的江水向东流去
船夫和裸露的石子，仰望着桥上的人

站在桥上，山雾迅速涌向我们
我自责我的爱有时过于漫长
像海中的磐石
像重庆这座坚挺的山城
很难拨开山雾，在隐蔽中愈发隐蔽

江水在我们身边温柔地翻滚
嘶吼也无声。有一些翻滚并无意义
在返回前，在山城和平原之间
我和一只鸟不止一次地来回摇晃

永远难忘那天我捧着一团山雾
如花朵。这朴素的浪漫中
弥漫着一种错觉：我们的爱是看不见的
那些桥底通行的船只
正在驶向桥的另一边，或者河的另一面

[升旗仪式]

那年我们坐着火车一路北上
在凌晨，走在首都北京的街道上
通明的灯火迎接了远方的客人
父亲将我抱紧、举高，我们构成一个更长的影子
那是我第一次观看升旗仪式

也是第一次望见比山顶的太阳更红的事物
它更高，更远，如同发光的灯塔
在天安门城楼前，我像一面小旗子
靠坐在父亲坚实的臂膀里
他说：完成一场浩大的升旗仪式
需要坚定的信念，以及持之以恒的脚步练习

转眼十几年过去，他隐瞒了人生一些短暂的阵痛
旗杆不再挺拔，这是生活给我的暗示
指向现在，也指向未来
而老照片里，父亲早已不见踪影
记忆如同咸涩的海水，将我围在童年的礁石中
只留下一个窄窄的出口

静寂之地（组诗）

◎段文博

【作者简介】段文博，1998年生于陕西，四川大学比较文学专业在读研究生。作品见于《星星》《延河》等刊。曾获“抒雁杯”诗赛一等奖（2018），“聂绀弩”杯诗赛三等奖（2018）等。

[静寂之地]

我需要的杂音还在这儿吗?
请给我风——为你的甘蔗林所隔断的
甘蔗是大地的一围栅栏，或者
一张鸟笼，一孔油田——
从土里汲出糖分，储存热情
我需要摇曳
你在灯火之后偏离我的记忆
你走后，甘蔗被用来医治生活的苦
抬这些甜的农民也是苦的
沟壑从他们手上，一直拉到语言
才脱离舌头的客家话
像孟郊才写完了《游子吟》

[躺在你的腹部观星]

一片草地，我躺在你柔软的
腹部
听许多星星在隐没了很久之后
即将出来
我看到第一颗星星
在云朵四合的体温之内
亮如一抹倒影
更多的星被掩埋在陨石坑里
它们承受黑暗太久、太深了
我试图读取你
与读取一棵树的响声和阴凉不同
在你的草坪上
我遇上了多年不见的往昔
也惊异于你骨骼中的磷盐
在黑夜中已析出得如此青白

[昆 曲]

听到昆曲前，人们已听了无数次昆曲
这并不矛盾——隔着屏幕与直视不等同
咿呀呀唱着，念词如裂帛
唱《惊梦》或《哀江南》，声音的世界渗入墙壁
再由墙壁递出。此时水声幽咽过岩隙
没有风，柳叶老矣！墙外车声人声蒸腾着

听。在时间停滞的瞬息里滋生动作的传递
他们唱时如诗神凭附，什么也不见
他们在耳朵里唱，我们便用眼睛听
耳朵里一只陌生的鹅破壳生长
君不见，一个古童话在大街一角破壳
贴着窗边飞行
一匹红丝在剧院中每一颗头颅上飘动
时间在一段真空里打盹睡了
古音的胶质填了毛孔
又猛地揭开来。一大片留白的水墨

[李延年歌]

一首姣好的诗与一幅面具等同：
俱为谜面。谜底需要长久猜度
直至于：时间的皱纹爬满面部

起始于一幅华彩谜面的爱情
也以一幅面纱作结：
“妇人貌不修饰，不见君父”※
在现实中留不住，美便逃回记忆

你丢掉过童年的瓷玩偶吗?
被时间磕掉釉质后的玩偶
与被撞得鼻青脸肿的命运等同
叠盖在本来温暖的童年之上
被时间修饰的记忆反向矫正

※：《汉书·外戚传》中语，李夫人死前因容貌不再，以此语拒绝汉武帝相见之请。

问典（组诗）

◎刘崇周

【作者简介】刘崇周，1999年1月生于四川成都，写诗及其他。

[人 间]

轮椅声里，堆满一桌瓜子壳纸杯残件
蓝色廉价塑料椅子与麻将碰撞
别着白花的宾客交谈传来笑声
中年人接过电话，通信讯号略微疲惫
戴白色头巾中年人哭丧声最为悲拗
讨生活的法子是祖上传下的哭丧法门
用最省力的情绪传递最悲戚的疮痍
“哭完这一场，老三的书本费就算有了着落”
瓦数开到最大，白炽灯、启明星
旧浅蓝色帐篷或许使用数次
送走一席又一席故人
多年以后，这五十六米黄色殡葬加厚充气拱门
会从尘封中哭泣，或者流泪

[问 典]

我在树下站立
我记得那年树与我齐身高
与孔丘谈论《春秋》
知晓一个人2499年流水的心
流放沉默的周天子礼仪
马车下扬起尘土的士大夫竹简
“君子不立于危墙，君子不钓洛河鱼”
江河溢满读书人的鱼鳞
相信后来者繁华，三千卷著述，残存
模糊的温度
世道破碎，被供奉在祭台从不是
一个人该有的夙愿
香烟缭绕处，你的身边
也有一棵齐身高的树，树下
两小儿辩日

[祖父]

竹筷发霉，也比新近的刀叉好用
习惯每天在收音机里听最新发生的事
看着屏幕发黄的照片
手指扩大再缩小
“那个王小二那会儿刚到我肩膀
不知道吃了什么冲那么高”
悼念故人不如讲讲那会儿年轻的我
长时间伫立的拐杖
在路灯下惭悔每一丝光的诞生
在机翼盘桓声中，触摸金色鱼钩
“别说，我上一次坐飞机是 1992 年春”
外面倒悬水泥森林，他已经忘记好多路标或者路名
“那家百货超市，我给你奶奶买过银手镯了”
祖父爱吃马齿苋，享受酸涩膨胀整个牙床
大致这种耐旱亦耐涝的野草，像极
祖父的一生

[逍遥游]

把时间物化为钟表，苦涩的指针脆如巧克力
秒速提升，最短的时间提升象形文字的美感
路灯，夜色的胡楂，人们常在半边街
研究刮刀的使用，作为词根延续的充分必要说明
湖面倒影，传说人睡着后影子遁入拱桥之门
白天相爱不能长相厮守的人，在门后携手
山谷闹市聚焦于酒肆，酒肆停泊孤独者心脏
碎银几斤几两，换取时间的一般等价物
在门槛石坐上一整天，去看黄河，去看壶口瀑布
看泾渭分明，掩藏着缝纫机构筑的洞穴

诗篇和六弦琴，无数条小径（三首）

◎刘 一

【作者简介】刘一，本名刘艺，2006 年出生于重庆，成都市第十一中高二年级学生。酷爱文学，坚持写作。第一次向外投递作品。

[时 间]

诗篇和六弦琴
无数条小径。

树液中的月光和一次凝望
乳汁，蓝调，铅灰，紫色光线。
河流之诗捉住太阳。

爱在月光下颤抖
漂白是一条崭新的河流
我赤裸，就在这时
忧郁替我找到
记忆深处的一曲变奏。

[命 运]

我涉足那个地方
这是第二次。

时间在快进又慢放
我涉足那个地方，
视线落在影子上
颜色对焦。
太阳予我灼伤
逆流的视线和虹膜
“分解如旧爱。”※
呼吸的同心圆。
时间在慢放又快进
有关你，或那个地方的涟漪泛开
我脑中的闷响和风暴——
命运的交响曲。
爱在吟唱
时间快进又慢放
已失声的嘶哑。
我涉足那个地方
这是第二次。

时间终结。

※：波德莱尔诗句。

[母 亲]

烈日之下，未来的孩子
攥着偷来的笔，躺在两截断木间
做梦。醒来。歪歪斜斜地刻下
皴裂的土地、天空和云

泪水是一滴结晶的
正劳动的母亲

细碎的长风与形体，孩子闭上眼睛
薄暮从薄暮中疾速淡去。恒星环呼吸。
宇宙之心跳动，撕裂一秒，便万年阒寂。

啊！如何光明，无从逆流的天空和大地
永恒镌印之姓名。“愿她后代无尽。”
交响曲失焦。

月光之下，过去的孩子
捧起陌生的画，跪在雕像旁
祈祷、吟唱，零零散散地记下
纯净的乳汁，无瑕的诗歌和命运

没有休止，母亲
从一天到一天，从一秒到一秒
从劳动到劳动，从缄默到淌泪
从眼泪到无声，从无声到不朽
没有休止，母亲
如一滴精粹的结晶的泪水

年轻的孩子，衰亡的众神，遥不可及的恒星
沉重的地心，命运的线条
从现在起，将同永无穷竭的音节溯回她那里
一切得以无限，终将重新孕育

啊！如何光明，无从逆流的天空和大地
永恒镌印之姓名。“愿她后代无尽。”
交响曲失焦。
（一切迥然、无限，将重新得以孕育。）

一切都是可疑的美味（组诗）

◎鲁冰瑶

【作者简介】鲁冰瑶，生于1997年秋，写诗、散文，有作品发表于《青年作家》《川江报》等报刊，以及一些公众平台。

[蘑菇]

合适的时间
合适的地点
就会出现合适的蘑菇
换言之
世界是由蘑菇构成的
我们竟然生活在蘑菇中间
并且我们本身也是蘑菇
如果你能接受这个事实
你也会感觉到
一切都是可疑的美味

[某种焦虑]

死亡
像倒挂的蝙蝠
悬置在我精神的空荡之中
它隐秘　灰暗
又与事物的规律如此不同

它游离在时间之外
把生者变成头脑中鬼魅般的幻影
而我妄图由它解决我生命中的一切胆怯

[诉 说]

一夜过去　雨还在下
眼泪是滴成故事的物质
雨是完成地老天荒的历史
我是丧失睡眠基本功能的人体——
既无物质　也无历史

[过渡句]

时而熄灭　一蹶不振
时而沸腾　无所不能

像弹琴与指法搏斗
像练舞与韵律周旋

排比句式碎碎念
尽量工整与精简
靠秩序维护安宁

你像过渡句
令我喘口气

姑且像着吧
我会不停发现你
打破固有认知
向前迈进

有时我没有秩序
勇敢与脆弱一体

潮汐般的晚风淹没彼此（组诗）

◎落木

【作者简介】落木，本名鲜宗美，生于2001年，四川巴中人。西华大学文学与新闻传播学院汉语言文学专业就读。读诗，写诗，独立创建并运营一个诗歌自媒体平台。

[夜游文渊湖]

我与一面湖水没有本质的区别
表面趋于平静，习惯于
掩饰内部的翻涌与不安
关于一片落叶，一棵垂柳
一只热衷于试探的飞鸟
我们显得包容

以不可抑制的好奇心
接纳万物。雨水和石块
月亮与哀愁
一滴眼泪从此隐入微澜之境
湖水不懂得苦难
她只是干涸

[后来]

歌声停止。六月的夜晚
开始与结束从此统一归入回忆的范畴
装好课本、试卷，一部被禁的小说
灯光亮起，一些人在哭。玻璃窗外
大山显得深沉。三年二班
潮汐般的晚风淹没彼此，太多的话语被流走
然后沉默。教室一个接一个落入黑暗
像秋天的田野，收割过后
留下荒芜与混乱。等待下一个春天
全新的种子，不变的农夫
后来，远在大山以外，收敛青涩的棱角
练习社交、争吵，维持伤感的习惯
群居的社会由一个又一个孤僻组成
城市对我而言过于拥挤、模糊
一望无际的喧嚣。所以我时常提醒自己
翻看旧相片，按时回顾
一些已逝的人生

定格的画面仍能散发出感动，即使
一部分面孔开始变得平淡、陌生
面对一个笑容，我记不清他的性格
他的电话号码，甚至
他的名字。白衬衫遗失在那些夜里
记忆羸弱不堪。继续翻阅，直到
一张雕塑下的四人合影，老朋友
曾经一同走过田野、大山、河流，看同一场
黄昏和大雨。如今，再回首往事如风
一个在广东，一个在重庆，一个在成都
一个早已失去联系，遗落人海之中

[乡村小学]

这很像一幕荒诞剧的开头。乡村小学
一位老师，瘸子（努力保持平衡）
在崭新的教室，为唯一的傻学生写下
李白、杜甫，还有一个个
显然无法理解的数学公式。关于未来
这是超纲的命题，而关于现状，他们同样
无法算出答案。麻雀飞过
一双眼能覆盖的视线边缘，停落于树梢
保持静止的同时望向远处——无边的大山
透过玻璃窗，孤独显得温和
傻学生的目光
从未停留于一处虚空超过五秒
老师扬起教尺，仿佛回到
一个略显苍白的夜晚，将无力的拳头
落在自己和妻子的脸上，只为了宣泄
五十年来一瘸一拐的人生。而此刻
傻学生显然不知道躲闪，似乎
他的世界没有任何一种危险的概念
教尺落下，最终停止于半空，保持着颤抖
老师眼中的无奈
透过空旷的教室呈现出加倍的感官刺激
我不忍再看，留下他们在寂寥的农村
一天又一天，重复着不解

[厦门]

一张旧相片已然泛黄、模糊，甚至
边缘处已开始褪色。这是
鼓浪屿。四岁的我被父亲高高举起
相比于目前的沧桑，年轻的父亲
显得陌生而青涩。挺拔的身躯
分明的轮廓，一身西装更是此后多年
再未出现。遥远的父亲，清澈的
双眼，显然还未料到
三个子女到底意味着什么

厦门，一个面朝大海的城市。冲刷了
我一半的童年，同时淹没
父母所有的青春。最少有十年
对一片海水的记忆从未退潮。一间出租屋
五口人，两辆自行车，以异乡人的身份
在蔚蓝的困境中，摸索出路，培育
一个又一个未知的明天。父亲做焊工
母亲做机床，两个姐姐上小学，同时
照顾年幼的我。一家人各司其职
在不到三十平方米的房间，构筑起
紧凑的生活。如今，走回大山
天空的界限逐渐缩小，衰老和离别
同时降临。生活变得单薄
而重复。在一些夜里，我们仍会想起
海水从脚边流过
捡起的海螺发出沙沙的回音，讲述
一个咸涩的秘密——只要见过大海
此后，再多的汗与泪
也无法流尽海水赐予我们的盐分

一个穿着信封的流浪者（组诗）

◎唐呱呱

【作者简介】唐呱呱，本名唐永，生于1990年，现居四川，供职于内江师范学院文学院。作品发表于《散文诗世界》《吐鲁番》《海峡诗人》《中国诗影响》《未名湖》《三峡文艺》《解放军报》《空军报》《四川日报》《汉中日报》《三秦广播都市报》《汉风》等。出版长篇非虚构小说《骑迹》。曾获第二届『巴山夜雨诗歌奖』三等奖、第五届网络文学征文大赛一等奖、首届全国大学生创意写作大赛金奖等。

[福柯说]

我有一块菜地，什么果蔬也不种，
只种一千二百头卷心菜。
看那些打开的童心，
长着长着怎么就厚厚地包裹起来。

[以物易物]

夏天的丝瓜挂得太多了
我决定摆到集市
过路人你可以用碎钱来换
用井盐来换
用你缸里被虫蛀的大米来换
你当然也可以说爱我
我会相信
并白送给你
当你切开疙疙瘩瘩的皮肤
你会看到它绵密的内体
一排排洁白的籽
是一个个等待坚硬的汉字
再有几多曝晒
几阵秋风就会镂空、结网

[十全十美]

太阳出来了，温柔地挠了挠
瓦屋波动的刘海。风吹起来了，
细细的竹竿上皱皱的床单，
打开如水仙花的翅膀。

一个新媳妇正羞耻地晾晒
梦里叠加的花渍。
她的男人，此刻正挥舞着
手指间珍贵的诗集。文风小小的，
吹进炉肚。胆大的火舌
偷偷舔了一两滴沸出的苦药。
楼下，妈妈与案板轻轻低语。

[我要建一所大房子]

山坳。那里远离割草机的声音，
那里只有一条荒草中的小路，
绕到山那边一个可以买到盐巴的早集。
天阴也会有货郎担。给孩子们买一个拨浪鼓，
以及关于大海的想象。给爸妈买一副老花镜，
矫正近距离的自欺。给妻子买一点针和线，
用于婚姻的查漏补缺。外加给自己的十三味中药，
五脏六腑吃坏用多长时间，调理也应该用多长时间。

大房子一定要有飘窗，风雨挡在外面。
请进来，午后三点的阳光，晒一晒甲骨文的霉，
把身体倚靠成惬意的姿势。要有天台，
晴朗的夜晚可以看看星空的浩瀚，与人的渺小。
要有一个书房，吵架的时候就躲进万古千秋。
还要有一个大浴缸，想象自己用鳃呼吸，
来自远古的深海里，连呛水的窒息，
也有一种返祖的鱼腥味。一定要一间小储藏室，
把舍不得丢弃，却无用之物通通都扔进去：

一种读书人的假清高，一种读书人的傻里傻气，
一种读书人的不辨菽麦，不谙世事，不可救药。

欢乐颂（组诗）

◎杨芹

【作者简介】杨芹，笔名初夏，生于1992年，四川宜宾兴文人，宜宾市作协会员。有诗歌发表在《散文诗世界》《川江诗刊》《诗洞庭》《大风诗刊》《宜宾文学》等。

[欢乐颂]

他们在喧闹，在舞动
似乎借一瓶酒就能甩出心中的猛兽
扭几下身体，吼几嗓子
明日的清晨就能提前几分
状态未到的时候
我在沙发找到一个合适的位置
将自己卸下来
做出隔岸观火的样子
允许心里那些江海热浪翻滚
允许一些不明所以，鱼一样的思绪
游来游去，明天真的会
提前一些吗
我问不出这样的问题
只好把自己抛给一首曲，一阕词
等天意，等你降临

[和一场雨对话]

雨一再下落
雨声一再从心底蹦出来
那些掉落在地上的小碎片
那些被砸碎的，向大海奔赴的心事
一直是种隐隐的痛
埋藏在某个夜晚或白昼
你看，乌云已经靠过来了
它们把我关起来
关在这里，用一场大雨包围
用一阵阵雨声，令我

不断地贴向地面
这就等于逼我，逼我动用自己
喂养多年的兵将
逼我承认所有暗夜里的溃败
对一场大雨斩钉截铁
对这一刻掏心掏肺

[蓝色的梦]

一棵绣球，甘愿让出自己
不再有粉色的梦想
不再背负同一种目光
它待在枝头，安静而淡然
风起了，似乎又递过来一些感动
它轻轻地扭了扭身子
伴着那些别致的蓝色，或淡紫
那些精心准备的衣裙啊
像个仙子，翩然独立
我看得入神，它也懂我的疑惑
慢慢摇动自己，仿佛对我说
“那是你的爱，是你用心良苦”

[登山有感]

去登山，去找自己抛出去的心
去将一路的寂静揽进怀里
在通往香水山的石阶上，除了虫鸣
我还听见心底的呐喊
朝着一棵树，叫喊声正浓之时
我读懂了那些泛黄的叶子
读懂了它们随风流浪的决心
多美好的追逐啊
看不见归途，归途在心中

中坚

Major Force

Cao Tang

坐在一朵浪花上冥想（组诗）

◎车延高

[汗 水]

铁被敲打时，可以迸射出火花
痛，是成型的代价

这个铁匠也许心软，但不会手软
落下的铁锤斩钉截铁

我站在一旁看
比铁锤重的，是落下的汗水
用以淬火的也是汗水

帮铁匠把苦日子兑换成好日子的
还是汗水

[冥 想]

非常清楚，浪花不是莲花
礁石还是归静，一动不动地打坐

远处，剃度了大海
或刚刚被大海剃度的太阳，披一身袈裟

夕光沐照，没有木鱼声
潮水用它的方式诵经

我坐在一朵浪花上冥想

苦海到底在哪里
一颗心滴血，能不能长出干净的莲花

[思 念]

思乡，是一只手多情
用习惯的动作给一颗心抹泪

离人
端一杯苦酒
在累死过距离的思念中举头望月

低头时
地上铺着写满籍贯的月光

[缺 陷]

石头，是大山的骨头
尽管崩落不是堕落
还是把自己视为一个可耻的逃兵

允许凿子在身体任何部分找到缺陷
让锤子的重力去掉额外的部分

雕刻是一种唯美的塑造
疼，却不是艺术享受

不落一滴泪，不是没有喊疼的嗓子和资格
是没有必要

世上这么多人，有几个在乎别人的痛

[时间的皮肤]

三杯酒下肚，友人微醺
被一段酒香引渡到唐朝

扶着拴马桩
把新写的诗句交给黑夜，让梦诵读
星星在，太阳也竖着耳朵

推窗时，路过的风
又把昨夜偷听的诗句背了一遍
神秘兮兮地问

包浆，若是时间的皮肤
不肯发霉的岁月，怎么让青铜器长出一身
说不清籍贯的绿色

我正要回答，风转身走了

[盐 工]

看海，才知道
被太阳暴晒的是盐工

盐是太阳的汗滴，从他们黝黑的脸颊上滚落
又一粒一粒从海底打捞起来
眼睛已经熬出盐

不哭，泪也会喊痛
盐工习惯了，把心里那片苦海藏着，不让人看见

脊背躬着
上面是一片沉重的天
被云彩缝补过无数次

[虎跳峡]

没有看见老虎
我暴躁的父亲一直在那里咆哮
用桀骜不驯的性子和不温不火的岩石讲理

水做的母亲不乱方寸
岸的曲线不失尺度，是女人手里永远的缰绳
把野性和力量驾驭得游刃有余

在这里驻足的眼睛被一种壮观震撼
惊诧是真实的

看见了山水合奏的交响曲
看见了自由用什么样的胸怀释放野性

我把三根手指摁在岩石上
平心静气，给绿水青山的未来
把脉

问候我朴素的一日（组诗）

◎灯 灯

[非洲鼓]

我的双手捂不住一只羚羊的欢跳
连同跟着它奔跑的小溪
我确信鼓面每拍打一下，就有一个
困苦的生灵，想要回到困苦的深渊之上
我确信鼓面静止，就有一只羚羊
躺在天真的山坡，山坡后面
是发光的向日葵
——我的确信如此逼真，以至于我真的相信了
鼓面就是天空，反过来也是

一个像我的人
穿着羚羊的身体，我的手和看不见的手——

因为迟疑：晚风正急剧地改变风向。

[以我之力]

以我之力，根本不可能让落日留下来
但流水做到了，水杉树用枝丫做到了
柳絮和蒲公英在空中相撞，撕裂出更多的白
这些无处可去的白，流离失所的白
向死而生
向命讨命

——我不可能知道它们去了哪里
在比白
还白的空里

啄木鸟把昨天的疑问，往树的深处
又问了一遍：

——疑问，做到了。
——树木无言，也做到了。

[黑白之间]

在黑和白之间，柳絮布下天地的迷魂阵
白鹭从沃尔科特的诗句中飞出
抵达我时，星辰满天

——没有看见黑中的挣扎、哭泣和呐喊
不可能
没有看见杜鹃花翻山越岭，遇村口杏花
遇梨花
热血一点点消散，没有看见白纸上
一个汉字都不肯现身

——不可能。

我就活在这黑白的无常之间
我就在彩色的路上
一路丢失，冲撞，磨灭

……不服输。

[一 日]

花香里的骏马，冲过雨的栅栏
冲过它在人世的镜像

那迎风的白火焰，红火焰……
带动温柔升腾的绿意，不可逆转的意志

——来自生命本身，被忽略的部分：

问候我朴素的一日。

[爱]

黄昏我以鹤身守着一湖静水。
汉字纷飞。

一生，和很多词永别了

比如父亲，比如姥爷，姥姥……

寂静的时辰，松涛穿过松林
松果滚动，它仍然跃过明月照耀的沟壑
跃过
我不断做减法的人生

——我一身洁白，松果再次跃起
汉字纷飞如雪
所有的汉字都变成一个字，都变成在空中
闪烁，闪耀的“爱”字

——它来自天上的亲人和星辰。

[曲子，或者流水]

跟着曲子，如同跟着一段流水
拐弯处，要接受离别
接受断崖日夜与时光做生死较量，接受
每一滴水，站立在曲子上
都有一个踉跄的人影，倘若我认出
其中有你也有我
我会跟着流水一直走
经安徽、江苏、山东、河北、天津
最后，我就能到达唐山
那时黄昏盛大，我将坐在你的对面
可能欢欣，可能沉默
我将看见整个北方，在你的窗外
——风在吹，吹过山谷的风
把消逝的我们，又带了回来。

[飞是自己要飞]

悲之中，不知悲从何来。
流水奋起，不为知音
为的是，粉碎后，和天地见证
认领，摧毁，再重生

——是我仍爱着世间。要和自己清算
是《广陵散》，当再弹奏一遍

江湖深远。水是一个点。水之外
是无限……

我的母亲在车内，她并不理会这些
她今日之脸庞
发光，耀眼
越过她在世间领受的重重苦难
她耐心地
理风筝的线，直接越过《广陵散》
越过琴曲两亡
越过更空茫的
我和她之间的两代人

——飞是自己要飞。她又一次理了理
风筝的线

并不抬头。用 1995 年的口吻和我说。

儋州书，寄东坡（组诗）

◎高春林

[儋州苏轼]

一个流落天涯而不得自由的人在诗。
一个穿着木屐斗笠的人即图景。
一个以不归为归的人，在和着
归去来兮辞，在渊明的酒里，筑梦境。
一个眉宇间英气一敛再敛的人，
在澹逸与神闲（的渊明诗）中随物而化
——化诗，另外的释义即化苦。
一个在归去来兮的词间赋志隐的人，
在荒岛上驱暑，找生存偏方，拾掇
出自己的酒——和陶（共诗 124 首）
和自个的心性——《和陶别集》指定
有着野老碎语的性情。一个人流寓了
太多的地方（从繁华到僻壤，从极热
到极寒），从空漠到空漠……一个人，
其实也是一个孤岛，“梦良而觉非”，
在空无其事的梦中醒来，四周抑或说
天地，是茫然的海。一个用身体温酒
的人在凄楚的《倦夜》虚织着念想，
暗自与渊明对饮——松风渐大，唯
坐听荒城——祈愿一个时间的长鸣。
半夜醒来，惊觉间摸了摸怀中，那册
陶渊明集还在，然后又酣然睡去……

[儋州记]

宋绍圣四年，苏轼抵海南。来亦如归。
在一个茫然的荒境：“病无药，居无室，出无友。”
愁坐，和陶诗，连夜独饮反觉清醒了些。
白鹭起于另一个开阔。南山，不止于载酒。
不是说言行化物，叫作文明嘛，
筑茅屋时想到杜甫草堂，异样的飘摇感。
采药，也即为了有一个清朗的早晨而采气，
在杜甫诗《除荨草》里采，在《诗经》的山梁上采
——采卷耳，采着采着就采出新鲜劲儿，新药方
以及一个人的锋芒。这时我坐在一个井台上，
看清澈涌动清影，隐隐的时间深处在嘶鸣。
制墨，意在勾画一个时间图谱——非笠展图
那个穷途时的洒脱——图谱上是白鹭过海，
醉酒人和着陶诗又醒来，是布谷诗人步月夜行，
不再理会政治的钓钩，落落余晖旨在载酒堂上
美妙于声音，你看先生还在讲着什么——
在“生不闻诗书，岂知有孔颜”①的荒野，
在清澈的泉水边上，我感到了渴，我仿佛就是
来听先生讲座，明明月露，泽弥一域。
或曰，他的时间也是我们的，如和陶诗中的
“停云在空，黯其将雨。”（雨其实在下，
去年洪水淹了我们的城市，惨如他的时局）
独觉，小窗明。在中和镇，光芒还照在故城上。

[夜读苏轼渡海诗]

云散月明谁点缀？天容海色本澄清。
——苏轼《六月二十日夜渡海》

云散月明中行船指定是轻松了许多。
航海，也即拨弄美妙的浪花抵达一个岸，
关键是不再飘摇。一个人的风波也是
一个国家的桅杆那个晃动感，唯有心境
明阔的人有一个澄澈明净的海域
以抵御颠沛，和时间里的暗。这时
天容海色，的确是神明之词，的确是
星辰在大海之上有了另外的玄幻——
一次奇绝的漫游，一个苦涩的讽刺，
在于黄帝那个音乐像极了大海的波涛声。
读到澄清，我停顿了一会儿，看向
窗外的夜空，似有星光在澄清着什么。
时间之鱼，自觉之词。诗在水中
心自明，我忍不住也“呵呵”了两声。
澄清，另外的释义就是细浪冲击暗时间。

[采苍耳记]

这荒野之刺。是如此饱含锋芒地散落着，
在《诗经》里，在海南东坡采集的药方里，
在一个无药的世界里，在一个人的煎熬里，
奥义在于“此药生舍下，迂客之幸”。
像是无奈人悠长的喟叹——一个人因茫然
向植物寻问光明——低微的草芥
在辨识下有了药性，一个人的郊游有了药性。
药理也是真理，一个人寻找着为不陷落
野荒蛮境。就这样走走吧——一个人打破
困途地走着，一个人打破时间地走着，
一个人打破禁制地走着。走着即上升的风景。

[儋州书，寄东坡]

……有方轨八达之路乎？念此可以一笑。
——苏轼《在儋耳书》

“一只蚂蚁，在水以一叶草为舟……”
这时，茫然从大海现出茫然的真身，
一个天涯人恍惚间饮薄酒小醉——
或就此醉下去——愁坐诗，缘于无法
渡时间，或叫渡茫然。时间的正解
在于你。一个人的气象即是活脱，
譬如，《在儋耳书》上“方轨八达之路”
借“逍遥游”自嘲，也有一个自我暗示
——在南山转了一天又一天，渊明
的日子也是我的——筑居、辟田，纵笔
而诗，而劝农桑，劝那些野人别再
杀牛了……“听我苦言，其福永久”②
我似乎看到先生还在讲着，看着你的
眼睛，彼此笑笑，会心于时间里有
一个神明。言行化物几乎是一种至理，
在你纵笔之下，一切皆为性灵。
我的漫游，已然迥异于你流落的荒径。
阔叶的大海，椰汁，咖啡，徽派的
建筑，一个化物而物质化的世界迥异于
你的诗。我叫了滴滴车，为了赶时间，
去往哪里？现在，节奏快得仿佛推着
时间而又混沌于时间，时间是个谜——
的确是该慢下来，在书院坐一坐。
儋州古城门还在，那一个水井还在。
不再有落花如雪，研磨松墨，却明晰
于一个清瘦影子及其清明之心在阅读中
漂移如鸿，真切地“念此可以一笑”。

注：①苏轼《和陶拟古·其九》诗句。
②苏轼《和陶劝农·其四》诗句。

雪与星辰（组诗）

◎姚 辉

[雪与星辰]

雪隐藏了大部分
高原　我摇下车窗
试试风的烈度
却将一束星光推到了
大雪后侧

星辰的回声呈
沙粒状　时断时续的雪
近似于星辰的哪些
想法？那座被雪
追逐的山猛然跃入
星空　我只能
成为山与雪
交汇的某种回望

一些阻止梦境取代
星空的雪还在
下着——

星光泛红　雪
将鸦的背影翻修成
火的圣殿　群山
翔舞　没有谁能在
雪与鸦声共同锻造的
锋刃上　镌刻
梦的誓词

而雪将赐予
我们另外的天穹

那些返程的人
终于懂得了所有
略早于星辰的沉默

[桥]

桥可以忽略不计

路途漫长　即使增加
一座桥弯曲的使命
也无法用波涛替代
远行者不断延续的渴望

你复制过谁的旅程?
那些路碑已被修改过了
在霜与风声互换的
暗影中　只有一种渴望
能融入彼岸之谜

桥：鹰试图成为谁
固守的救赎？鹰遗忘的
跋涉者被一朵野菊
喊醒　桥与暮色
又披上了无数
黑色毛羽

一个被桥寻觅的人
微微一笑　然后静静
从肩上取下半块
桥奠基时
垒就的砾石……

[剑]

他们在找
那个铸剑的人

剑锈蚀得这么快
所谓勇气　不过就是
剑柄上急速脱落的
环形纹饰——

剑　说出过多种名字
剑在含混的口音里
藏匿的　可能是
某些骨头不间断
塌陷的祝愿

还有比剑更疲惫的
爱恨吗？剑卸下翅膀
缩进红色灰烬中
一柄以荣光浸泡的剑
似乎　也关乎
屈辱与遗忘

他们在找
将剑的魂魄
一次性抽离的人

剑对你说出过什么?

剑忆起火的隐痛
但绝不提及那持续
褴褛之火　华美的剑
遍布　火烙刻的
褐色创痕

剑　该如何
保存鸦和我们
守望多年的疼痛?

[惊 蛰]

让人惊异的不只是
春天　还有春天
巨大的阴影

雷霆挪动石头
但无法移开枝上
细密的花蕾　那些
将花事精确到毫厘的人
已然错过雷声
瓦蓝的警示

旭日被虫豸牵引
它让桃李具备了交换
风声的意愿　但这样的
交换并不一定发生
桃花偏南而李花不只
占据着风的北侧

大地未尝沉睡
那些托举大地的根子
已经醒来

我在河边遇见了那个
种豆的女人　她
嫣然一笑　又从泥土里
掘出几道布满
须蔓的闪电

[初 春]

三座山结伴　行至
李树枝头　便将梦境
卸于花蕾吱呀的
惊喜一侧

三座山依次代表着
三种预言　李树的预言
最为古老——其次是
桃的预言以及虫蛾
大于朝霞的预言

春天进入初级阶段
草更换的天穹逐渐转绿
草在云雾中翔舞
并想喊醒那盏
追随花萼的巨大油灯

从船的祝愿数过去
第五种山色外
已挤满风与不变的守候
无数人贴近的水势
又一次划过三月
悠久的奇遇

山想继续
延伸苍翠之旅

第一座山回首眺望
便将自己融入了其他
山峦坚韧而远的
熠熠光芒……

独白与对话

Mono-Dialogue

·现代诗歌中的人民性·

Cao Tang

寻找“人民”的肉身

——1940 年代“人民诗人”话语论略

◎ 李国华

臧克家 1946 年在《风下》杂志发表了一首诗《人民是什么？》，现在读来依然发人深省：

人民是什么？
人民是面旗子吗？
用到，把它高举着。
用不到了，便把它卷起来。

人民是什么？
人民是一顶破毡帽吗？
需要了，把它顶在头顶上，
不需要的时候，把它踏在脚底下。

人民是什么？
人民是木偶吗？
你挑着它，牵着它，
叫它动它才动，叫它说话它才说话。

人民是什么？
人民是一个抽象的名词吗？
拿它做装璜“宣言”、“文告”的字眼，
用它做攻击敌人的矛和维护自己的盾牌。

人民是什么？人民是什么？
这用不到我来告诉，
他们在用行动
作着回答！

考虑到臧克家的政治立场，这首诗顺着字面意思读，自然批评的是当时的国统区统治者冒用人民名义的各种行径，并强调人民已经觉醒，“他自己已经在用行动作着回答”。但如果逆着字面意思读，这首诗就是在说，人民不过是一种话语现象，有时被人当作旗子使用，有时被人当作破毡帽使用，有时被人当作木偶对待，人民实在不过是“一个抽象的名词”，没有肉身，不会说出自己，所谓“用不到我来告诉你”，不过是不知道如何告诉你什么是人民的遁词而已。人民无法在言辞中得到实在的澄明，那“已经在用行动作着回答”的人民因此也不过是话语繁殖现象，人民其实并不存在。就读懂诗人在说什么的意义上来说，臧克家的这首《人民是什么？》当然不能逆着字面意思读，他就是在狠狠地批判国统区统治者，并没有反讽意义上的言外之意。

对于臧克家来说，那个被他在诗中称为“他自己”的人民也许是不言自明的，人民的思想、精神、情感和肉身都是清晰的，但对于别的诗人来说，却是很不一样的，甚至是截然两样的。比如同一年闻一多也在言说人民，不过他是通过论证屈原是人民诗人的方式来进行言说的。闻一多在发表于《诗歌月刊》的《人民的诗人——屈原》一文中列举了四条理由证明屈原是人民的诗人：首先，“屈原虽是楚王的同姓，却不是一个贵族”；其次，“屈原最主要的作品——离骚的形式，是人民的艺术形式”，虽然是在宫廷演出；第三，屈原的作品“无情地暴露了统治阶级的罪行，严正地宣布了他们的罪状，这对于当时那在水深火热中敢怒而不敢言的人民，是一个安慰，也是一个兴奋”；第四，“最使屈原成为人民热爱与崇敬的对象的，是他的‘行义’，不是他的‘文采’”。闻一多强调：“以上各条件，若缺少了一件，便不能成为真正的人民诗人。尽管陶渊明歌颂过农村，农民不要他，李太白歌颂过酒肆，小市民不要他，因为他们既不属于人民，也不是为着人民的。杜甫是真心为着人民的，然而人民听不懂他的话。屈原虽没写人民的生活，诉人民的痛苦，然而他实质上等于领导了一次人民革命，替人民报了一次仇。屈原是中国历史上唯一有充分条件成为人民诗人的人。”（载《诗歌月刊》第 3、4 期，1946 年 5、6 月）闻一多的意思再明显不过，屈原作为人民诗人就是人民的肉身。但闻一多的论证实在不够严密，同期《诗歌月刊》上有郭沫若《屈原不会是弄臣》一文，便认为“屈原是三闾大夫，是楚国贵族屈景昭三姓中之一姓的显要”（载《诗歌月刊》第 3、4 期），屈原怎么可能不是贵族呢？这是闻一多的看法有争议的第一点，第二点是他认为屈原“没写人民的生活，诉人民的痛苦”，却能“等于领导了一次人民革命，替人民报了一次仇”，第三点是他直接把在宫廷演出的作品视为“人民的艺术形式”，第四点是他把农民和小市民等同于人民。实际上，人民听不懂杜甫的话，可能也听不懂屈原的话，不写人民的生活和痛苦的作品也不太可能是“人民的艺术形式”，连闻一多自己也不得不强调，人民之所以热爱和崇敬屈原，不是因为他的“文采”，而是因为他的“行义”。因此，尽管闻一多将屈原视为人民的肉身，但他其实没有从屈原的作品中发现人民性。而且，闻一多之所谓人民的理解，乃是他对农民和小市民的深切同情，背后是朴素的人道主义热情。

闻一多先生被国民党特务暗杀后，社会各界纷纷发声并纪念他。诗人沙扬写了一首诗《闻一多——人民的诗人》纪念闻一多（载《诗歌月刊》第 5 期，1946 年 7 月），诗的结尾写道：

闻一多，闻一多，
永随着屈原精神的人民诗人，
属于人民的伟大诗人，
我们永远的尊敬您！
纪念您！

沙扬可谓延续了闻一多对屈原以及人民诗人的理解，强调闻一多和屈原在精神上是一致的。楚图南也在纪念文章《人民诗人闻一多》中将闻一多视为人民诗人，但强调自己“对于屈原是否是人民诗人的看法，略有与一多不同的地方”，认为“人民诗人必须是和人民在一起：在一起生活，在一起斗争，在人民的队伍当中，——至少得服务于人民，歌唱出人民大众的生活和要求，成为一个时代的先驱者或喇叭手。这样才能保障了他的思想的不致悲观颓废，保障了他的生活的不致孤独失望，更不致行吟憔悴，顾影自怜，乃至于忧馋愤世，怀沙自沉”。不过，楚图南肯定闻一多“第一次”强调了屈原的人民性，只是认为“一多对于屈原的这个称号，其实更适用于他自己”，证据是“中国并没有如同三千年前的楚国一样”，“中国的人民大众，却以一多的死，而践踏着殉难者的血滴，更坚强地站立起来，更迅速地壮大起来，以至于就要创造了自己的新的命运，和国家与民族的新的前途”（载《诗与文》第 19 期，1947 年）。这意味着楚图南一方面认可屈原身上有人民性，另一方面则认为人民意味着时代和历史发展的方向，人民诗人因此就必须“歌唱出人民大众的生活和要求，成为一个时代的先驱者或喇叭手”，而闻一多生当与屈原完全不同的时代，是真正的人民诗人。进而言之，一个诗人的诗歌要获得人民性，一个诗人要成为人民诗人，不仅依靠着自身的努力和政治抉择，还得取决于一个时代是否是人民的时代。在一个不是人民的时代的时代里，即使伟大如屈原，他也只是具有人民性，还够不上人民诗人。

这种将人民和时代嵌套在一起的理解方式更为典型地表现在对诗人艾青 1946 年的长诗《吴满有》的评价上。艾青的长诗《吴满有》以延安“大生产运动”的劳动模范吴满有为主人公，共分九章，写吴满有在文化界的欢迎会上的表现、写他受苦的日子、写他翻身、写他勤耕种、写他发家致富、写他爱边区、写他当了劳动英雄、写他引领大家多生产、写他欢天喜地的心情，可谓处处都以人民的生活和喜怒哀乐为中心，而且写完之后诗人还特地找到吴满有，一句一句念给他听，并根据他的意见进行补充或改正（艾青《吴满有·附记》，第 74-77 页，作家书屋，1946 年），可谓处处以人民喜闻乐见为目的。长诗第一章开头五行是这样的：

像一个年老的新女婿，/ 你一身全是新的——// 新的黑棉袄，/ 新的白棉裤，/ 新的会毡帽。

即使在艾青的诗里，这样的诗句也是过于明白如话、直白如水的，艾青确实尽力祛除了他从法国巴黎带回来的芦笛的声调。但是，长诗发表之后，一方面固然有种种赞赏（参考路杨《作为生产的文艺与农民主体的创生——以艾青长诗〈吴满有〉为中心》，《文学评论》2018 年第 6 期），另一方面却激起了讨论诗人与人民到底是什么关系的轩然大波。周钢鸣 1946 年在《诗人与人民之间》一文中劈头就写道：

今天，我们需要诗人成为人民的诗人，为人民而歌，为人民的痛苦与复仇而歌，为人民的解放事业与人民的英勇战斗而歌。但这个意义还只是要求诗人成为人民的诗人，这个要求，也说明了今天的诗人——应当说是知识分子的诗人，还多少与人民大众的生活和感情，有着相当的距离，所以要求诗人成为人民的诗人，这就是要求诗人打破这种距离，投身在人民之中，成为人民中的一员，把人民的生活思想和希望，通过诗人的语言——诗，表现出来。（载《中国诗坛》光复版新 1 期，1946 年 1 月 15 日）

这段话的逻辑非常清楚：首先，人民诗人作为一个问题，乃是具体时代的问题，是"今天"的问题；其次，诗人是知识分子，与人民之间存在着有待于打破的距离；最后，一个诗人要成为人民诗人，就必须"投身在人民之中，成为人民中的一员"，也就是必须改造自己的思想、语言和生活。周钢鸣在接下来的论述中果然直接要求诗人进行自我改造，要求诗人"具有强烈的思想战斗的精神，和主观的能动的追求热情，突入生活对象之中"。在此基础上，艾青的长诗《吴满有》尽管被认为"在表现生活的真实上，在语言的丰富和生动朴质与口语化上，都有了很成功的表现"，但还是"缺少一种内在的抒情成分"。周钢鸣认为吴满有经历了种种磨难和解放，"他的内心里该是对于新的生活燃起多大的感激和热爱"，但艾青没有写出来，而且"缺少了诗人自己对生活的热望，与被描写的人物对生活的改造在内心里所燃烧起来的热爱，以及缺少由诗人与被诗人所描写的人民之间的内在感情的互相拥抱与结合所激动升华的抒情的诗情"（周钢鸣《诗人与人民之间》，《中国诗坛》光复版新 1 期）。一言以蔽之，周钢鸣认为艾青《吴满有》的写作没有做到与人民心连心。而人民的心是怎样的？周钢鸣有自己的理论解释，不一定是艾青所能同意的。但是对艾青《吴满有》肯定之意的文章，似乎也对诗人和诗持保留态度，例如 1947 年邵璇的《人民的诗〈吴满有〉》一文就颇为婉转地说：

我们的《吴满有》的作者艾青，在某种程度上，（我们的要求也许过高，但我们相信，历史也是在这样的要求着的）是可以作为一个人民的诗人而无愧的，至少，艾青先生是努力在向人民走去了。（载《十月风》创刊号，1947 年 4 月 1 日）

在这种充满善意的期待中，艾青即使写出了《吴满有》这样的长诗，也未能说服 1940 年代的批评家而获得人民诗人的称号。人民的肉身不在诗人这边，诗人只有改造了自己的思想、语言和生活，也即抛弃了自身本有的肉身才能"向人民走去"，在某个时间点上成为无愧的人民诗人。而且，值得注意的是，身在延安，与延安“大生产运动”中的劳动英雄有过直接交往的艾青，写出了长诗《吴满有》的艾青，获得人民诗人的称号竟然比闻一多还困难。其中自然有闻一多为民主运动而牺牲的死亡美学因素，但更重要的是，何谓人民和人民诗人，不仅在不同的历史阶段里内涵是不同的，恐怕在同一历史时段里，因为政治空间不同，内涵也是不一样的。当然，这并不是要说周钢鸣和邵璇的意见没有道理，甚至陷于某种政治的权宜中，而是要强调人民及人民诗人的内涵的历史性。而且，从诗人艾青在长诗中基本上用第二人称进行叙述来看，他也的确自觉保持了与吴满有的距离；不管诗人是出于何种考虑，这种距离总是客观存在的。这的确在诗歌的内在肌理上说明，诗人可能可以走向人民，却未必能够触摸人民的肉身，自己更是难以脱胎换骨，获得人民的肉身。

可能正是因为诗人与人民之间存有未必能消除的距离，所以无论是同时代人还是后人都颇能共情同理于诗人袁可嘉 1947 年所做出“人的文学”和“人民的文学”的区分。在发表于《大公报》（天津版）1947 年 7 月 6 日文艺栏的《“人的文学”与“人民的文学”——从分析比较寻修正，求和谐》一文中，诗人袁可嘉开宗明义地说当时存在或隐或显的两支潮流，“一方面是旗帜鲜明，步伐整齐的‘人民的文学’，一方面是低沉中见出深厚，零散中带着坚韧的‘人的文学’”，而在他看来，“‘人民文学’正是‘人的文学’向前发展的一个部分，一个阶段，真是相辅相成，圆满十分”，但实际上却发生了“对人，对生命，对文学极度的抽空，压缩，简化的工作；他们不仅否定无利‘人民’的作品，不正确地反映‘人民’政治意识的作品，他们更否定不那样地反映‘人民’政治意识的作品”，“换句话说，他们无异以‘人民’否定了人，‘政治’否定了生命”。诗人可谓盛气之下而气盛言宜，表面上说的是试图在“人的文学”和“人民的文学”之间“求和谐”，实际上仅仅是要以自己对“人的文学”纠正和覆盖“人民的文学”，其中理论的长短、时代的判断、人（性）的理解都大可讨论。而且，袁可嘉看上去是想争得“人民本位”的位置，实际上只是面对 1940 年代人民话语影响之下诗人和人民之间日益拉开的清晰距离，试图将主动权掌握在作为知识分子的诗人手里而已（孙玉石先生满怀理论热情地强调，袁可嘉先生在《“人的文学”与“人民的文学”》一文中提出的见解“具有相当的超前意识和学术勇气”，而且认为其中存在着“人民本位”的思考。参见孙玉石《中国现代主义诗潮史论》，第 308 页，北京：北京大学出版社，2010 年）。而袁可嘉的“求和谐”的理论企图进一步表明，无论是“人”，还是“人民”，它们都不是抽象的名词，都只能在具体的时代中寻得肉身。这里没有一劳永逸的可能。

【作者简介】李国华，任教于北京大学中文系，主要从事中国现当代文学研究。

“天经地义”与“困难重重”

——关于现代诗歌的“人民性”问题

◎李 壮

[一]

在现代诗歌的维度下谈“人民性”是一件天经地义的事情，但同时，也是一件困难重重的事情。

先说天经地义。现代诗歌与“作为当下主体的人”的关系——某种意义上，这大致也就是我在此要谈的“现代诗歌的人民性”的具体内涵基点——本身是中国新文学、中国新诗的“初心”所在。推得再远一点，这其实同样是欧洲文艺复兴、启蒙运动等奠定了当今人类文明思想基础和价值底色的重要思想文化运动的初心。当然文艺复兴和启蒙运动太远，远的不说，只说近的，毕竟诞生了中国新文学的“五四”新文化运动本身也是承继发展在启蒙运动等的总体思想脉络之内。诗（文学）与人民的关系，一早就被写在了文学革命的大旗上，甚至从某些层面来说，正是对这种关系、对“人民性”的思考和探求，提供了中国新文学萌芽并一步步探索发展的本质性动力。

例如，胡适在《文学改良刍议》里提到的前两条，“须言之有物”和“不摹仿古人”。所谓“有物”的“物”，按照胡适自己的解析，一是情感，二是思想。关于情感的解说胡适引用了《毛诗序》：“情动于中而形诸言。言之不足，故嗟叹之。嗟叹之不足，故咏歌之。咏歌之不足，不知手之舞之，足之蹈之也。”思想则“盖兼见地、识力、理想三者而言之”。二者的主语——尽管这主语并未被单独强调——都是“人”。至于不模仿古人，更本质的指向则是“当下”，“文学者，随时代而变迁者。一时代有一时代之文学……今日之中国，当造今日之文学”，也就是说，“不作古人的诗，而惟作我自己的诗”。合而观之，便是强调诗要围绕着“当下的人”转——这其实就是我们今日谈论“人民性”时，最基本，也是“最大公约数”式的价值起点。较之胡适，陈独秀在《文学革命论》里的表述显然更为直接，他提出了“三大主义”：“曰，推倒雕琢的阿谀的贵族文学，建设平易的抒情的国民文学；曰，推倒陈腐的铺张的古典文学，建设新鲜的立诚的写实文学；曰，推倒迂晦的艰涩的山林文学，建设明了的通俗的社会文学。”陈独秀直接引入了“国民”概念，而这里的“国民”又是与“写实”和“社会”相并置且贯通的——显然这样的提法已经与社会政治层面的革命吁求有了内在呼应，因而这里对“国民”的阐释，在相当程度上已经可以同中国当代文学历史话语中常见的“人民”概念相通假。就“人”而言，周作人的观点则更为明确且集中，文章题目就叫《人的文学》：“我们现在应该提倡的新文学，简单的说一句，是‘人的文学’。”他提到了欧洲自宗教改革、文艺复兴、法国大革命及工业革命之后对“‘人’的真理”的发现，并强调了人既作为本性，又谋求超越的一体两面的双重面向——这与阶级斗争政治革命的原文历史语境似有疏离，却很接近于我们现在使用“人民”概念所最为常见的、更加广义的语境。

类似的书袋还可以继续掉下去，但到此应当打住了。我要论证的无非便是，对“人民性”的强调乃是中国新诗和中国新文学刻写在骨子里的基因，乃至燃料。这是事情“天经地义”的一面。然而正如我前面所说，“天经地义”的背后也有“困难重重”。这困难一方面来自围绕“人民性”展开的创作实践：新文学的历史已过百年，那么多大师珠玉在前，能够以具有极高艺术性的方式体现“人民性”的作品，尚且不敢说特别多；今人要怀竞胜之心超越前辈，显然也没有想象的简单。另一方面，困难也来自“人民性”概念自身的发展变化：今天，人的生活方式、审美方式、情感方式不断丰富，其社会身份、自我认同，包括这些身份及认同得以实现并体现的途径，都发生了巨大的变化；相应地，“人民”这一概念自身的内涵与结构也发生了重大而深刻的变动。直接沿用阶级话语框架下的狭义“人民”概念显然已不足够，但如果将历史上出现过的所有与“人”沾边的话术统统纳入，似乎也不妥当，且必然引起混乱。更何况，随着科技加速进步，许多前所未见的元素和侧面，正迅猛附着到“人”和“人民”的概念乃至存在内容上来：尤瓦尔·赫拉利将身处信息时代的我们称为“最后的智人”，在这个维度上考虑，今天的“人”和“人民”，的确是被诸多“非人”乃至“超人”的元素（我指的是，科技对古典的人的功能项所做的加强、延伸、替代、修改）所改变，乃至所塑造……说得更极端一些，人虚拟的一面正在压倒实存的一面，流动的一面正在压倒坚固的一面。人正在数字化。

那么，“人”是什么？“人民”又是什么？在信息的迷幻旋涡之中，文学又如何在人民生活或人民情感中找到更加本质的确定性？这是历史出给文学的前所未有过的题目，是胡适、陈独秀乃至伏尔泰和帕斯卡尔都未曾答过的题。我当然没有能力在此给出答案，我只是再一次地读出题干。甚至读出题干的也并不是我，而是历史。我们这些以古老姿态操持着文字的人，终归都要以各自的方式写下自己的回答——祝我们好运，愿我们这代人里终能有人答出高分。

[二]

还是回到文学现场和具体的文本中来。

我想，“人民性”的体现，在最直观的意义上，当然是一个题材内容层面的话题：如何写人民，如何塑造人民形象，如何展现人民生活及其实践运动。

需要优先强调一点：在今天谈诗歌的“人民性”，必须格外注意的，就是汲取历史探索中正反两方面的经验，充分地考虑当下时代的审美风尚、思维习惯和文化语境。简单而概念化的宏大叙事、宏大抒情显然是不可取的，以空击空并非诗歌之道。即便是大的立意、具有总体性的选题，也必须呈现为具体的动作、表情及情感细节——换言之，就是要把“人民性”或“人民意识”对象化、具体化，完成具有当下有效性的美学转换。在此意义上，新语境下对“人民性”的强调显然并不是“个人化”的简单反向运动（“个人化”，以及与之相关的“日常化”及“身体化”等，显然是中国当代诗歌发展中不可绕过的思潮或曰“法统”），而是在后者基础上的某种延伸、扩充、增殖。说得再直接一点：此中并不存在“非此即彼”的情况，不应以零和思维来看问题。

应当说，如何以足够具体（甚至充分个体）、具有日常生活质地、显示出身体在场感的方式，塑造人民形象、展示人民所身处其中的浩大历史运动，是当下诗歌一道分值很重、难度很高的题目。近些年来，我们很欣喜地看到了一些在这方面有所突破的作品，而这些做出突破的诗人，还常常是颇为年轻的写作者。那就选一位年轻的诗人来做例子吧！云南“80后”诗人王单单，曾经在脱贫攻坚战中长期做过驻村扶贫干部。他的诗集《花鹿坪手记》由此而来，在我看来，这是同题材诗歌创作成果中的佼佼者之一：这本诗集里的相当一部分作品都能以独具文学性的方式，把公共经验转化、吸纳为独创性的审美经验；面对具有高度“人民色彩”（甚至具有相当“传统”的“人民色彩”）的题材内容，他不仅“写了”，而且“写得好”，可以说是在相当程度上兑现了重大现实题材创作“思想性”和“艺术性”的统一。前面提到了日常生活质地和身体在场感，《花鹿坪手记》就常常善于使用日常动作来塑造人民形象、折射人民个体背后的群体性实践运动。例如诗集同名长诗里的这样两节：

陈哑巴在贫困户信息表上/摁手印，摁不出任何指纹/我把他拇指拿起来看/泥巴敷了一层。我没有/让他洗掉。我默认/这泥斑，就是他的指纹/这里面藏着他的命

握刀的手，用来握笔时/竟然颤抖起来——/入户调查途中，遇见/赵胜宽在地里砍草/顺便让他把自家信息填了//他蹲在荒原上，虔诚地写字/那一瞬，世界为了他/单独安静了一会儿

“按指纹”是动作，指纹用以辨识身份；“泥”的出现，造成了对原有动作的阻滞，然而恰恰由此，又更加准确地诠释了陈哑巴的

身份、命运和辛劳生活。“写字”也是动作，这一反常动作与“砍草”这一常规动作间形成的微妙反差张力（瞬间的虔诚和安静），既丰满了脱贫中的农民形象，又无声地凸显了貌似不曾出场的重要角色——“脱贫攻坚”实践本身的在场和介入。这样的处理方式显然是巧妙而具有高度艺术性的。

[三]

王单单的例子重在说明“如何”（怎样以足够“诗歌”的方式展开人民书写、凸显“人民性”），与之相关联的，还有另一个命题：“是何”，亦即人民主体的具体身份及经验形象问题。前者是“怎样写人民”，后者是“写怎样的人民”。

时代在变化。今天谈“人民”，即便按最狭义的标准，也不应当仅仅局限在“工农兵”之类的概念范畴里。新的职业和新的领域正在不断涌现，诗歌写作应当及时将触角伸到对应的疆土内。特定的、具有全新时代特点的“题材域深挖”是有必要的。在此可以再举一位年轻诗人的例子：“90后”诗人王二冬。这位在快递行业从事管理工作的年轻诗人，近年来创作出一批直接书写快递行业劳动者的诗作，并结为诗集《快递中国》出版。这样对特定经验题材的深挖和劳动者群像展示，在今天的诗歌创作领域并不算特别多见；尤其值得注意的是，快递行业属于高度下沉、深度参与公众生活，但受到的关注了解又非常不足的行业。王二冬的这些诗作提供给我们一种打破视域区隔、贴近“他人经验”和“他人情感”（这不正是“人民性”的核心要旨之一吗）的机缘。例如《城市超人》里的这两句：“巴枪已自动关闭，超能力瞬间消失/你静静坐着，整座城市停止奔跑。”在一般人的感受中，快递是“跑向我们”，收货之后，包装一拆，停下来的是快递——包裹的旅程结束了，收件人的活动才刚开始。然而，在《城市超人》里，王二冬悄悄置换了文本里感受主体的位置，他从送件人（甚至快件本身）的视角，去反过来看整个生活的运行：“你静静坐着，整座城市停止奔跑”，工作的中止产生出一种关闭世界电源的失重感。一切忽然暂停。这是“我”的情感和“我”的知觉向最真实的快递员工作、最具体的快递投送环节中的“转换代入”。这种姿态是具有高度“人民性”的，同时，由此制造出的既意外又合理的“感受倒错”和“审美效果间离”，又具有相当的艺术性。

类似的例子当然不止王二冬一人。近年来迅速兴起的“新工业诗歌”潮流中，类似的实践有颇多可以列举，如龙小龙对多晶硅生产行业、孙方杰和巴音博罗对钢铁冶炼工业、马行对资源地质勘探行业的书写，都呈现出新的、可从“人民性”角度解析的题材特色及人物形象特色。

同时，以更加开阔的视野来看，那些着意于地方性人文/人群书写的优秀诗作，同样也属于对各具特色的人民形象的有力刻画：如吉狄马加对彝族历史文化的系统呈现、梁平对川渝文化性格和人民生活的生动刻画、阿信对西北大地自然人文景观的持续描摹，都在更加活泼、更加丰富的维度上，不断深化、标识着现代诗歌中的“人民性”元素及其艺术高度。

[四]

“人民性”话题维度内，另一个以往常被忽略、如今却越来越重要的向度，是诗歌的“本体”——也就是说，语言——同人民的关系。

诗歌是语言的种子。一个民族的语言，它的内容、材质，乃至运用方式，都需要不断地更新、需要持续生长。在过往相当长的一段时间内，这一职责都是由文学，尤其是由诗歌担负的。但是进入网络时代以来，我们必须承认的一件事是，语言的生产、制造、更新功能，正在向网络话语场和自媒体转移。

具体来说是这样的：许多年以来，民众，尤其是广大青年群体所使用的新的名词、新的“梗”、新的话语方式，其发生学大多要追溯到网络。“洛阳纸贵”于文学已极难见，文学要“活在人民大众的嘴唇上”也显得困难重重。尽管“废话文学”“发疯文学”之类的流行表达模式依然被冠以“文学”之名，但这里的“文学”更多只是戏仿或反讽。甚至面临此类危机的还不止文学：电视（我指的是电视台这样的传统电视节目平台及其节目）也是一样，很多年前的电视剧和电视台春晚尚能制造大量的年度流行语，如今连春晚都只能频频去炒网络流行语的现成冷饭了。

在本质上，这涉及诗歌写作对公众语言的有效参与度问题。现象是新现象，问题却是老问题。追索百年汉语新诗的发轫，其源头便与文学的“语言参与度”难题密不可分。在《逼上梁山》一文中胡适说，“今日所需乃是一种可读，可听，可歌，可讲，可记的言语。要读书不须口译，演说不须笔译，要施诸讲坛舞台而皆可，诵之村妪妇孺皆可懂”，在《建设的文学革命论》里，胡适则把“语言参与度”的重要性上升到文学的“死活”高度：“一切语言文字的作用在于达意表情；达意达得妙，表情表得好，便是文学……中国若想有活文学，必须用白话。”新文学运动先驱的意图显而易见：新的文学，需要一种充分世俗性、能够介入日常流通、足以催生出强大传播效果的文字媒介。

同时，这种考量并不是单向的迁就和适应，而暗含着一个双向塑造的过程：一方面，文学创作应当充分使用活的、具有当下公共流通性的语言材料，以保证其公共传播效果（“国语的文学”）；另一方面，也希望文学本身能够深刻地参与到一种新的公共语言（及其背后新的公共生活）的建构之中，以新的表达建构新的想象、新的认同（“文学的国语”）。毫无疑问，这是诗歌的一种理想状态。然而历史的事实却多少与开拓者们的构想有所差别。胡适自己写出了中国现代文学史上的第一本白话诗集《尝试集》，确乎在使用大众语言、追求“能读懂”的方面做出了显然是极其辛苦（甚至很不舒适）的尝试，但其文学品质本身却并不可观，也未见曾显示出诗歌对文学疆域之外语言的立标、引领作用，更遑论像文言文和古诗曾做到过的那样，提供有影响力的语言价值尺度，或制造出广泛介入公共流通的“语言硬通货”。有关于此，唐德刚的论断我甚为认同：“他（胡适）立志要写‘明白清楚的诗’，这走入了诗的魔道，可能和那些写极端不能懂的诗之作者同样妨碍了好诗的发展……优秀诗人必能使这浅近明白的语言变成‘诗的语言’，含有无限别的意义，才能得好诗。”这其实是新诗在肇始之初便留下的难题：倘若说“浅近明白的语言”同“诗的语言”之间还可以经由天才之手相互转换，那么“无限别的意义”与“诵之村妪妇孺皆可懂”间的互恰则几乎成了百年难题——毕竟公共语言的实用需求决定了其对语言表述的稳定性及清晰意指，拥有天然的、近乎排他的热爱；而诗歌语言总是本能地追求词语碰撞时陌生含义的自由增殖，甚至追求对常规表达方式的强力扭曲。

二者间的矛盾，一方面制造着无形的写作焦虑，另一方面，也与今日中国诸多“文学舆情”隐秘相关：在众生喧哗的网络舆论场上，时不时可见“这也叫诗”“云里雾里”“我也能写”之类的冷嘲热讽，这种问题在本质上同“诗歌语言 / 公共语言”二者间的错位有关——当然，那些心怀恶意、纯为人身攻击而来的声音要另当别论。

问题的关键在于，此种矛盾本身具有二重性。就其静态一面言之，诗歌存在的意义，本身便在于对公共话语方式的冒犯和破坏：它有力地更新和重置那些被现实经验过度使用、在审美惯性中严重磨损、陷入通货膨胀因而意义贬值的表达，以新的、冒险探索的语言，去替代旧的、安全熟悉的语言。诗与普通读者间的隔阂似乎不可避免。然而，就其动态一面言之，作为“语言先行者”的诗歌，其所开辟的新天新地，最终又依然会向公共话语空间敞开；先锋的表达也终将成为未来的语言习惯，或者说，先锋的尝试本身便是为了给公共话语注入新鲜的想象和价值——朦胧诗便是很好的例子，它一度因溢出了旧日语言逻辑而被认为“令人气闷”，于今人而言此种表达方式却早已司空见惯，甚至已无形间渗透了我们的日常表达，其经典性的意象谱系在今日也早已被一般大众所接纳和喜爱了。

因此，诗歌语言与公共语言的关系绝非“背道而驰”，而是“先行一步”；二者之间的错位，并不是绝对性的场域隔离，而仅仅是相对性的历史时差——那种“延迟的接受”和“晚到的喜爱”将会证明，对好的诗歌而言，语言的“先锋性”“实验性”乃至“冒犯性”，最终同样能够转化为语言的“人民性”。

要实现这种转化，诗歌所要做的，有内外两方面的功课。就内部而言，是要避免修辞的“空转”（这确乎是当下诗歌写作的一大弊病），建立起诗歌同时代现实、同更广阔人民生活结合在一起并制造出共鸣的能力，建立起以修辞面向更复杂现实、面向除自己之外其他生命的情怀。毕竟只有当灵魂在场、精神及物的情况下，难度和技术才真正体现出价值。就外部而言，则是要更加积极地参与、介入诗歌的社会生态建构：所谓面向更广大也更广义的人民，不仅仅涉及诗歌的创作生产，同样也涉及诗歌的阅读接受；不仅仅涉及“怎么写”“写什么”，还涉及“怎么传播”“怎么阅读”——如何充分拥抱新的传播格局、更加有效地与人民读者交流互动，乃至如何用更多精力去做好诗歌普及和诗歌审美教育，是我们在今天讨论现代诗歌“人民性”的时候，应当更多思考的问题。

【作者简介】李壮，供职于中国作家协会创作研究部。

“歌唱”或“等待”

——中国现代诗歌史上“人民性”的三副面孔

◎赵目珍

[一]

从“人民性”这一概念的历史发展来看，它的内涵是多元的。它与古代的民本主义早有渊源，后来与现实主义、启蒙主义、爱国主义，甚至民族性、革命性、阶级性、时代性、大众化等观念纠缠在一起，这一方面使“人民性”这一术语在意蕴上变得丰富多彩，在阐释的空间上变得极具张力，但也给其概念界定带来很大困扰。这有很多方面的原因，比如历史上对于“人民”概念的界定就一直在发生变化，那“人民性”内涵的生成自然也处在一个变动不居的过程当中。

诗歌从属于艺术的范畴，故诗歌的“人民性”亦可理解为从属于“艺术的人民性”的范畴。一般而言，我们所理解的“艺术的人民性”多从马克思主义及其经典作家那里来，尤其是近一两百年以来更是如此。我们不遑去总结其内涵有多少层面的指向，不妨借助学者们早已做好的梳理来管窥一下。20世纪90年代中期编著的《马克思主义哲学全书》（中国人民大学出版社，1996年）中指出“艺术的人民性”大致包含以下四个方面的内涵：“(1)直接反映人民的生活和斗争，表现人民的思想感情和愿望。(2)揭露和批判反动统治阶级的罪恶，抨击旧思想、旧道德、旧文化，推动时代的进步，符合人民的愿望和要求。(3)表现处于上升时期的新兴阶级的思想意识和生活斗争。(4)表现爱国主义思想感情，赞颂自然美以及总结阶级斗争和生产斗争经验。”对于艺术而言，变动是最好的生长点。越是变化，艺术越是繁荣，但一旦切入艺术的某个方面的特征时，其内涵也会有凝固的一面，比如艺术的“人民性”，尤其是局限到历史上某个特殊时期的时候更是如此。

下文我们将遵循着这样的理解去观察和审视一下中国现代诗歌史上的三位诗人，试图找出他们诗歌“人民性”的突出特征，但在论述中有可能会突破一般内涵的界定，涉及其他方面的解读。

[二]

1945 年冬，身在重庆的诗人臧克家写下一首令人震撼的《人民是什么？》。或许当时的他并未思考“人民性”的问题，但是今天的人们读来，仍然能从他对“人民”的思考中感受到强烈的“人民性”充斥其中。原诗如下：

人民是什么？ / 人民是面旗子吗？ / 用到，把它高高举着，/ 用不到了，便把它卷起来。// 人民是什么？ / 人民是一顶破毡帽吗？ / 需要了，把它顶在头顶上，/ 不需要的时候，把它踏在脚底下。// 人民是什么？ / 人民是木偶吗？ / 你挑着它，牵着它，/ 叫它动它才动，叫它说话它才说话。// 人民是什么？ / 人民是一个抽象名词吗？ / 拿它做装璜“宣言”、“文告”的字眼，/ 拿它做攻击敌人的矛和维护自己的盾牌。// 人民是什么？人民是什么？ / 这用不到我来告诉，/ 他们在用行动 / 作着回答！

这首诗收录在 1946 年 5 月由上海万叶书店出版的诗集《宝贝儿》中。《宝贝儿》是臧克家的一部讽刺诗集。1945 年，抗日战争胜利后，白色恐怖如浓雾一般愈演愈烈。据臧克家的观察，这一年来的讽刺诗突然多了起来。其原因并非由于诗人们对讽刺诗有了兴致，而是黑暗的事实太多，把诗人们“刺”了起来。臧克家身处白色恐怖之中，所见所闻也使他将笔尖对准了一个又一个黑暗的“黑心”刺去。《人民是什么？》即是这样一种背景下的作品。

细致地读这首诗，阅读者能够感受到，人民在那样一种氛围中是怎样被所谓的“统治者”对待的。旗子、破毡帽、木偶、抽象名词，这都是人民在当时统治者眼中的“存在形式”。诗歌共五节，每一节的开头，诗人都用递进反问的方式诘问当时在位的统治阶级，你们把人民当成了什么？这样有力的质问，就像是刀子一样扎进统治者黑暗的“黑心”。接下来，在第一至第四节的每一节的质问后面，诗人赤裸裸裸地揭穿了他们是如何利用人民和摆布人民的。实质上是在告诉我们，人民不应该也不能够被这样对待。第五节的质问后，诗人本来想告诉我们“人民是什么？”但是解答“是什么”并不容易。于是诗人非常巧妙地设计了一种回答的方式，让读者去思考。其实，即使如此，答案也是不言而喻的。统治者不采取合理的方式去对待人民，人民必然起来反抗推翻你。所谓“水能载舟，亦能覆舟”。这也可以看作是诗人对当时政治环境的一种预言，果然三年之后，这种预言便应验了。

在诗歌的形式上，这首诗比较整饬。类似于《诗经》民歌中的重章叠句，在艺术上有一唱三叹的效果，与“艺术的人民性”内涵中所要求的“民间性”有相呼应的地方。

臧克家诗歌中对于“人民性”的表现，与他长期以来对“人民”的理解和思考紧密相关。臧克家对于“人民”的思考与“发现”，一直贯穿在他1949年前的诗歌创作中。20世纪三四十年代，他用大量的诗歌书写底层人民的苦难，如诗集《烙印》(1933年)中的《难民》《老马》《炭鬼》《当炉女》《洋车夫》《贩鱼郎》《渔翁》《歇午工》，诗集《罪恶的黑手》(1934年)中的《小婢女》，两部诗集之外的《地狱和天堂》《穷》《三代人》《生命的零度》《冬天》，大都通过直接描写的方式来展现当时人民的悲苦命运，歌颂他们勇于反抗的斗争精神，真正将"艺术的人民性"表现得淋漓尽致。这也是臧克家在中国现代诗歌史上备受肯定的重要原因。

当然，并不是所有写人民或劳苦大众的作品都与"人民性"有关。一个艺术家只有"表达出人民的利益、愿望和需要，提出对人民生活的进步的历史发展具有重大意义的思想性问题"，只有"他正确地再现劳动大众的现实生活，创造典型性格和生活的典型场景"，"描写劳动大众"和"艺术的人民性"这两件事才会变成一个不可分割的整体（万斯洛夫《艺术的人民性》，新文艺出版社，1958年）。臧克家的诗歌在表现这二者合一上是比较突出的。

[三]

1937年，抗日战争全面爆发。诗人艾青先从杭州赴武汉，1938年初又在胡风的介绍下去山西临汾的"民族革命大学"任教。1938年春的陇海线上，艾青写下一首题为《乞丐》的诗。这大概是他赴临汾途中因所见有感而作。在这首诗中，诗人通过非常细节化的描述，把"乞丐"因饥饿导致的窘迫与苦痛展现得震撼淋漓。在诗歌中，诗人一方面对"徘徊在黄河的两岸／徘徊在铁道的两旁"的可怜无助的"乞丐"表示怜悯与同情，另一方面又在激发人们对造成这种现象的原因进行思考，使我们对历史发展的宿命论产生了某些认知。

值得注意的是，艾青写战争带来的疼痛，不大喜欢从具体的某个人或某些细节入手，即使是《乞丐》这样的诗篇，也使人感受到其所说的"乞丐"并非单一的个体，而是一个为数众多的人群。尤为值得思考的是，《乞丐》一诗共五节，前两节和后两节，起笔均以"在北方"开头。艾青诗歌的一大特点就在于，他喜欢将情感与广袤的空间相结合，从而使诗歌表达的意蕴和凝聚的力量具有了一种拓展的可能。

1938年初，艾青写下一首极具北方冷色调的《手推车》。全诗如下：

> 在黄河流过的地域／在无数的枯干了的河底／手推车／以惟一的轮子／发出使阴暗的天穹痉挛的尖音／穿过寒冷与静寂／从这一个山脚／到那一个山脚／彻响着／北国人民的悲哀//在冰雪凝冻的日子／在贫穷的小村与小村之间／手推车／以单独的轮子／刻画在灰黄土层上的深深的辙迹／穿过广阔与荒漠／从这一条路／到那一条路／交织着／北国人民的悲哀

在诗歌中，艾青描写了在北方大地的苦难中艰难生长的劳苦大众。作为战争中的人，他们显得如此渺小与悲苦，他们就像是"惟一的轮子"，流离失所，孤苦无依地流落在逃亡的道路上。这首诗值得注意的，仍然是其中的悲剧意识与空间感无限地交织在一起。诗歌中广大民众的悲苦，在中国北方无限的空阔中，一下子被渲染得既高旷又紧密，既弥散又质实。这种氛围，令人窒息，让读者的内心一阵阵战栗。这是辽阔的北国大地上的人民啊。他们的悲哀正“彻响”和“交织”在北国无限的苍茫里。

1937年12月，艾青写下了他的代表作《雪落在中国的土地上》；1938年2月，又写下《北方》。在《雪落在中国的土地上》一诗中，诗人透过对大风雪之中农夫、少妇、母亲的形象的塑造与刻画，反复渲染“寒冷在封锁着中国”，把中华民族所经受的苦难通过“雪夜”这一时间和空间合一的意象，彰显得既沉痛又深邃。《北方》一诗也是如此，且看：“北方是悲哀的 / 而万里的黄河 / 汹涌着混浊的波涛 / 给广大的北方 / 倾泻着灾难与不幸；/ 而年代的风霜 / 刻划着 / 广大的北方的 / 贫穷与饥饿啊。”透过这样的诗句，我们亦能深刻地感受到，这仍然是像《雪落在中国的土地上》这样一种把情感意识与空间意识相结合的描写。此外，诗人于1938年11月写就的代表作《我爱这土地》也能很好地体现出这一点：

假如我是一只鸟，/ 我也应该用嘶哑的喉咙歌唱：/ 这被暴风雨所打击着的土地，/ 这永远汹涌着我们的悲愤的河流，/ 这无止息地吹刮着的激怒的风，/ 和那来自林间的无比温柔的黎明……//——然后我死了，/ 连羽毛也腐烂在土地里面。/ 为什么我的眼里常含泪水？/ 因为我对这土地爱得深沉……

在诗歌中，诗人首先将自己设喻成一只“用嘶哑的喉咙歌唱”的鸟，歌唱什么？下文直接告诉我们答案。值得注意的是，下文一连四个歌唱的对象：“这被暴风雨所打击着的土地，/ 这永远汹涌着我们的悲愤的河流，/ 这无止息地吹刮着的激怒的风，/ 和那来自林间的无比温柔的黎明……”诗人透过一连串定语式的修辞，将所要描述的意象一下子铺展成了一个无限广阔的空间（时间寓于其中），为整首诗的抒情奠定了深广、渊闳的根基。

通过以上分析，我们已经能够感受到艾青诗歌中的“人民性”的最突出特征了。这就是，他善于将对人民、对土地的感情与无限辽阔的空间相结合，使“人民性”具备了一种既柔韧又有力的延展性。从空间感上借势和发力是艾青呈现其诗歌艺术中“人民性”的一大优势。

[四]

在中国现代诗歌史上，冯至有其特殊的地位，尤其是其《十四行集》的出现，被认为“成功地把中国新诗提高到可与最完美的中外古典诗歌相媲美的水平，鲜明地标志着中国新诗的成熟，并在创造性地运用西方的诗学思维来拓展中国古典诗歌的‘言志’‘寄托’传统等方面，都给后来的新诗人以深刻的启示和深远的影响。”（解志熙《冯至作品新编·前言》）但是大家也都知道，《十四行集》书写的多是诗人的日常经验和生命沉思，与“人民性”似乎关系不大。即使诗人早年的抒情名作《我是一条小河》《蛇》《南方的夜》，虽然在抒情、想象、音韵上很有特点，但与“人民性”的关系并不深刻。其代表长诗《北游》更是如此。

但这并不能让我们对冯至诗歌中的“人民性”完全失去信心。因为冯至有一颗爱国的心。对于一个诗人而言，有这一点就足够了。如果还需要证实，我们可以从他对诗人杜甫的推扬与敬慕上做一番验证。1938 年初，诗人经万安至赣县，其间曾作《赣中绝句》四首，其二云：“携妻抱女流离日，始信少陵字字真。未解诗中尽血泪，十年佯作太平人。”大意是，诗人此前对杜甫诗中的血泪书写没有深刻领会，待经历过真正的乱离忧患之后，他已经能感受到杜甫诗歌中那些有关苦难的记载都是真情实感的流露。可见这个时候，杜甫的诗歌已经在一定程度上影响了他。在四首绝句的其三、其四中，诗人还结合当时的时代环境，对爱国诗人陆游和辛弃疾进行了呼应。有些学人认为，冯至对他们有一种钦敬在里面。这一点我们不否认，不过我想，更多的应该还是诗人的爱国主义情怀受到了激发。流离生涯最终导致了冯至从情感上对国破家亡产生了忧思，故这些诗歌也是他内心情感的自然流露。20 世纪 40 年代，冯至开始撰写《杜甫传》，其中的内容陆续在报刊上发表。由于时代环境的因素，人民的爱国主义情怀受到激发，《杜甫传》在当时也产生极大影响。该书结集出版以后，很快就被公认为是代表了现代中国的杜甫研究的扛鼎之作（解志熙《冯至作品新编·前言》）。

现在我们可以回过头去看他的《十四行集》了。《十四行集》最初的两个版本，每一首十四行诗都是没有题目的。至《冯至诗选》出版时才加了题目。如果大家直接去读早期出版的《十四行集》，或者读根据它最初的两个版本选录的冯至的十四行诗，不细加注意，可能会忽略掉《十四行集》中有三首分别写蔡元培、鲁迅和杜甫的诗，其中充满了对他们的敬仰与赞颂。虽然写蔡元培时，对其死后境遇也有担忧，但整体是一种感佩的基调。在诗歌中，他称蔡元培在“许多的名姓里边”能够“永久／暗自保持住自己的光彩”，称他“是长庚，是启明”；称鲁迅为几个青年感到的“一觉”永远不会消沉，他将“永远怀着感谢的深情”望着鲁迅；而对于杜甫，他已经几乎要将他当作一个“圣者”了：

> 你在荒村里忍受饥肠，／你常常想到死填沟壑，／你却不断地唱着哀歌／为了人间壮美的沦亡：／战场上健儿的死伤，／天边有明星的陨落，／万匹马随着浮云消没……／你一生是他们的祭享。／你的贫穷在闪烁发光／像一件圣者的烂衣裳，／就是一丝一缕在人间／也有无穷的神的力量。／一切冠盖在它的光前／只照出来可怜的形象。

当然，对于杜甫，冯至表现出来的不仅仅是颂扬。他还常常将杜甫与时代联系到一起，反思他所在时代的问题。1945 年 7 月，冯至写了《杜甫与我们的时代》一文，发表在当月 22 日昆明的《中央日报》上。在文章中，冯至总结说：“一个过去的诗人在百年后，甚至千年后，又重新被人认识，又能发生作用，在文学史上是数见不鲜的事，人们把这现象称作‘某某的再生’。所谓再生，按照情形的不同，有的由于‘同’，有的由于‘异’；前者是一个时代的精神在过去某某诗人的身上发现相同点，起了共鸣，后者是一个时代正缺乏某某诗人的精神，需要他来补充。”“现在我们虚心和杜甫接近，因为无论由于同，或是由于异，我们两方面都需要他。”具体需要的是杜甫身上哪些方面的东西呢？我想，仅仅用一个爱国主义精神来概括是远远不够的。

但冯至一直在真正思考这个问题。在抗战时期的中国，我们真正需要的是什么？1943年，冯至曾写下《工作而等待》一文，在文章中，他借助奥地利诗人里尔克在写作上的启示，指出那时的中国所真正需要的，“正是这些不顾时代的艰虞，在幽暗处努力的人们”。虽然冯至没有在这篇文章中提及杜甫，但杜甫一生颠沛流离，在极端困苦的环境中一直写着，也写出了他属于“人民”的伟大诗篇，“工作（写作）而等待”以及“居于幽暗而自己努力”的精神在杜甫的身上同样存在并闪现着。当下的中国，正处于中华民族伟大复兴的关键时刻。时代虽然不同，但是“工作而等待”以及“居于幽暗而自己努力”的精神不也正是当下的中国所需要的吗？这就是冯至诗歌及其精神中所呈现出来的“艺术的人民性”。

[五]

结合以上论述来看，前述《马克思主义哲学全书》中所概括的“艺术的人民性”内涵有其一定程度上的普遍性和合理性，将一般意义上“艺术的人民性”的内涵做了总结，但其局限性也不言而喻。比如冯至诗歌及其精神中所呈现出来的“艺术的人民性”就对此有所超越。顾尔希坦当年在论述“什么是人民性”时就曾指出，为“人民性”下定义不是一件容易的事儿。他认为看问题需要抓本质。为此，他在研究“人民性”的复杂性时决意从这一现象的表现“形式”入手，将这一现象归纳为了两大类型：（一）直接形式中的人民性；（二）具有着或多或少的复杂的直接环节的间接形式中的人民性。（《论文学中的人民性》，群益出版社，1949年）顾尔希坦这样分类可能是出于便于分析问题的考虑。我们谈论臧克家、艾青、冯至的诗歌中的“人民性”也涉及这两种形式。大体而言，臧克家属于前者，艾青、冯至属于后者。

老子的《道德经》中说：“道可道，非常道；名可名，非常名。”就艺术认知的角度而言，对于一个事物或概念，最好不要用某个定义（内涵）来界定它，因为一旦如此，该事物或概念即死于言下。“艺术的人民性”也是如此。当我们以中国古典诗歌为对象来进行考察，“艺术的人民性”将会是另外一种呈现；进入当代，尤其是更加崭新的21世纪，“艺术的人民性”的内涵则变得更加富有现代性和当代性，变得更加丰富多彩，又构成另外的景观。当代诗的“人民性”也非常值得去做一番考究。

【作者简介】赵目珍，生于1981年，山东郓城人。文学博士，北京大学中文系访问学者，青年诗人。在《文艺评论》《当代文坛》《当代作家评论》《文艺报》等发表文章若干。著有评论集《探索未知的诗学——当代批评家诗人和他们的诗》，以及诗集《星空之谜》等多部。曾获“扬子江诗学奖·诗评奖”“海子诗歌奖”“刘伯温诗歌奖”“深圳青年文学奖”等奖项。现任教于深圳职业技术学院。

大雅堂

Selected Poetry

Cao Tang

辛丑年八月十五登望母台（外一首）

◎谷未黄

落日只载着光，经过我时，搁下了
它凸起的寒意和离愁
鼹鼠在河边饮水，最多喝到满腹
如果我向你们乞讨了，记下我的罪过
我愿意倾其所有为母亲修下别院
一岁时，她丢下了我
母亲，母亲，儿等着你回来
现在这一天是经过了六十年才出现的
人间再没有比这一天完美的了
受保护的云，升上天堂分出新水
云朵也有它的缺陷，我在最低和最黑暗的地方
承受它们破裂的声音
枝头鸟巢，是我不需要看见的繁华，被同一群鸟
和同样的责任所欺骗
我们修复了月亮能够发音的部位
这个门阶，是亮的
把夜宴归咎于那些不屑于争霸和反驳的黎明

[辛丑年冬月送大哥上山]

相同的灾难要靠相同的灾难来比较
1959 年那个寒冬，借母亲的身体躲过一场大雪
雪只用一种颜色平定天下
它们的理想是伪造的，都是我们的往事
大雪铺了一地，也没有找到诸神存在的痕迹
准确地说，是云被颠覆了
天空和大地总会在一个地方相遇
黑夜已经断开太阳
月亮怎么可能是它的信徒呢
丧失亲人对我来说已经脱离了神秘感
虽然是一种覆盖，虽然是变化多端的覆盖

但并不比别的更能触动我回避毁灭
我的灵魂怀疑过有限和无限的信仰
孤立时刻，对于此生保留的或者是放弃的
都轻于泪水

水槽里的月亮（三首）

◎伦刚

[水槽里的月亮]

我走出牛房时，盛水的原木水槽里
月亮猝然掉进去——
我惊愕于一无修饰的宁静之美

马踱过来饮水
我感到痛：美结束了
我闭眼凝神于月亮在马肚子里——
这种丧失使我幸福

[水 鹿]

暴雨过后，公鹿从密林里出来
涉水过河，在牛房后喃声呼唤
它俩在潮湿的林子里幽会，从翠绿的冷杉树下
跑过，不时抬头嗅着空气和彼此
像从远古世纪的故事里出来

我侧身靠着牛房木墙，借助灌木枝叶
偷窥它俩在夏日的欢愉幸福
我静静等着——
光阴深处有浓郁的象征，不可急遽摘取
林中神秘的脚步，腼腆无声
没穿鞋子，它俩被林神塑像后现身
然后，到黄昏的林中静静地吃草
我偶尔抬头静视静听
在渴念的想象中一直等待，直到林中
沙沙声响：一只脱下胞衣的小鹿悄悄出现

[青稞收割后]

青稞收割后，马也不到地边的林中吃草
红翅蓝鸟在星斗间捡起丢失的古语：
“哦—呀—呔—嗨—喂—哎—”
飞过大地的心窝，不再抱怨
我高高地竖起风耳，撞响枝头，在夜林中寻路
你在上古世纪的梦中一定听见了

建设中的世界（组诗）

◎黄玲君

[登怀远荆山卞和洞]

从衙后街穿过酸腿岗南巷
山石小径直通荆山
抱璞岩
洞左，寒溪曾经流水潺潺
现今早已干涸，十二月，草木枯萎
一望无际，便于测量
脚步或者人心
相比于古人卞和，我
裹着皮革的双脚是一种奢侈品
再不见那抱璞泣血之人

洞口偏狭，进出需手脚并用
放眼荆山
楝树风中摇响一颗颗苦楝子
山坡上
密布的是大大小小的石头

[在佛子岭水库下游]

想象自己是另一片倒影
只是为了追随
水中山峦，那悠然的静谧
只是六月的太阳，还照不透
水下的沁凉。第一次下野河游泳
需要克服某种内心恐惧
还是为了摆脱另一种
更大的恐惧，来自日复一日的
麻木，庸常琐碎中
厚重茧壳包裹着的
倦怠内心，碧水青山环抱
极致完美，也可以
变化为彻底的陌生，甚至凶险
泳镜里，向下的水似完全看不透
紧张所带来的沉重感
正把身体不断地向下拖
只有奋力搏击，并借助同伴的鼓舞
似才勉强维持住水中平衡
6 月 26 日，星象上说，海王星逆行
恰对应早年纯真的友情回溯
更像是一种洗礼
上岸时还挂着几丝浅处的水藻
感觉体内的莫名束缚，已一点一滴
在水中瓦解

[十二青檀]

被自身的重量所压
千年光阴编织的束缚
需要借助行人，沉重的脚步踢踏
青石板小径，一阵喧嚣的风
帮助它挣脱回忆，溪水清澈见底
等待已经长成累累树瘤
密封夜晚，曾许下的心愿
十二青檀，十二轮明月依次
萦绕的梦中，远行者
一天一天，它啃噬自己的内心
梦里，它亦渴望飞翔
渴望飞翔所需的那份轻灵

[杭州湾大桥]

一个人走在杭州湾大桥上
很容易想到
无边、辽阔、安宁，事实上
我正置身这样的辽阔和安宁之中
仿佛陆地世界
通过桥的过渡正在离你而去
或者即将到来
眼前的路途
仿佛行进在一段真空玻璃中
有着良好的质感——
海湾的水是黄的
有着弯曲的纹路
看起来很浅
起码有一段应该很浅
我看到了一个人
似乎是拖着网具，涉水向前走着
也许是桥太高了
把他拉得很远很远
在我的眼里，这个小的人物
唯一活动着的一个斑点
天地如此辽阔
令我感到困惑

与一条河流的际遇（组诗）

◎杨角

[夜宿金沙江]

这两年做得最具诗人气的一件事
是参观完白鹤滩电站大堤后
夜宿金沙江

夜晚狭长，有一条河谷
和一只唢呐的形状
涛声像从铁喇叭中冲出来
是高亢的，向前的，循环往复的

一整夜，我都没休息好
一整夜我都抱着一条河流强大的心跳

[词性：古渡口]

经此，乘船去往对岸者是名词
自行泅渡过去者，也是
一年四季，那些春秋冬三季从上游走来
闲庭信步般去往下游者，是动词
一到夏天就转换成形容词
古渡口还在，但渡船没了，拴缆的石柱没了
能让各种词性自由转换的人
只有那个摆渡的瘦老头
那年，山洪突发，滚筒水说来就来
渡者和摆渡者手里
捏着救命的副词，瞬间成为
两岸的尖叫，和十里八乡
再也无从打捞的数词、量词、介词，和叹词

[崖上人家]

那天从南坪山下来，遇见一个后生
背着化肥，提两袋大米
沿窄窄的石梯路一步步爬上来
我们侧身为他让道
擦肩过后，他突然停下
我问：幺哥，你家住哪里呀
他放下口袋，挪了挪肩上的背篼
右手一指：喏，就那儿
——高高的山顶，有几片薄薄的白云
这几年去西宁河谷扶贫的路上
常遇见他们——瘦小，勤劳
打小在石缝中长大，悬崖上修房子
有一把岩羊的好力气

[仰角镜头里的长江]

在这里，能看见
人往低处走，水往高处流
一条大河正带着它的流水去往天空
在这里，能看见狗尾草、巴茅
和紫花地丁，在两岸
瞬间长成了森林。它们没有翅膀
却借助风，一次次飞了起来
对一条河流的认识，仅靠几次镜头转换
还远远不够。某一刻，镜头外
树叶从晴空落下
我回放镜头：一群鸽子正飞过大海

[在一只水鸟眼里]

一只水鸟与我在长江边
共度过一个下午
光阴散，那天的情景仍乌云一样

抱作一团。一只水鸟坐在一块石头上
我也坐在一块石头上
不同的是，它随时可以去自己的水域
逡巡一番，再回来坐着
而我原地不动，抽去半盒烟
没翻动几页诗书。在一只水鸟眼里
人类有着更深的孤独
身体里横陈着省界国界等无形的绳索
不像它们，行随心动
抬腿去越南，振翅又去往印度

依依东望（外一首）

◎温经天

有一天，头顶的烟云燃尽
城郭陷入片刻的静谧
像某种神迹之光垂青你
赋予麦田和街市以永恒的紫金

彷徨的少年喜欢乘坐夜航船
沿着白纸的旷野谛听遥远的潮汐
钟情的女子深谙季节善变
绾起长发奔波于家庭、孩子、粮食

人们在河流两岸送别悲喜剧
旧物们袒露伤口翩翩起舞
嗜血者撒出渔网和涂着蜜的利刃
苦心孤诣的人重构崭新的词

有一天，古老的修士走下山岳
他敲击着头颅、肩头和肋骨之痛
而隐秘的歌声将沉入冰雪
它关乎着苦难、勇气以及初心之美

[只此青绿]

我阅尽千里江山，从北漠到岭南
从无雨的盛夏到冬日的海岸
你要的世界之旅变幻无穷
一点墨成就灵魂迁徙的一千零一夜
一夜如年，此刻遁回东京梦华
人约黄昏后的墙里墙外
没有执手相看泪眼。欧阳兄听闻的情节
被马蹄踏碎，不过百个春秋的经验
十个百年后身躯历经湮灭，而江山如画未改
佳人的马车颠沛吧！越河流，越地理
头顶山川如黛难越。值此十八岁的天空
少年说：愿描画千里，良驹何以驮着佳偶
必历经石头与激流的淬炼与点染
佳期方才如梦而至，而我嵯峨的山河
方才成为你婀娜的未来

霜降（外一首）

◎量山

树枝与我灰白的发丝相似，
但溪流并不在意。霜降了

石头的刀片不断地在水中打水漂。
对于得失，我们已浑然忘记。

我爱溪边的黄玫瑰，

她低头请求亲人们原谅。

那些被践踏的草，试着重新直起腰。
你确定病树之前不是万木春?

可不可以这样说：一瓶酒是透明的大海，
这样，现实的荒谬小于水滴。

[邂逅]

坐在狗尾草庇护的石头上，
一只刚出生不久的猫，披着满身的雨水，紧抓裤管。

这是七月，多年前的风铃小人
找到了它的声音，它喵喵地叫着，

我们互望，
像两个萍水相逢的人。

燕子是卫士（外一首）

◎朱宾

麦子就要泛黄。
鸟雀开始拦路。

野花为什么这样结实
因为它们迎风淋雨。

燕子是这麦地之上
的卫士啊

它们又重又厚。

[挂在每一个方向]

故乡，野花，布谷。
故乡在细雨里。
野花在地头。布谷鸟有时候
是方向的带领者
有时候和你一样
分不出彼此。有时候在沟壑里
有时候在田野上。
有时候一会儿在前一会儿在后
有时候不见踪迹
像飞进坟墓里。还有时候
只在深空里
伸长脖子一遍一遍鸣叫
挂在每一个方向。

在人生的山腰（组诗）

◎熊魁

[鱼]

湖水撤退了，我翔在云层里
大雨撤退了，我蜗居在地上的水洼里

水洼是一副双面镜
我是嵌入其中的镜花

再过若干年来看我，我剩一具化石的骨架
推开流水的束缚

多么希望水中的月亮，云树的倒影

不是虚月，幻影

多么希望水我相依，不是镜中花
只是水天已相离，生死成断崖

树上鹦鹉空学舌，水中青蛙乱鼓噪
我用一副鱼骨架，渡你去听岩石里的潮信

[磨 砺]

水磨砺着卵石
春风磨砺花蕾

你磨砺着我
磨成一束朽棉

大海磨砺岛屿。磨出的流沙
大概跟你从尘世接走的人一样多

我磨砺什么呢?
磨砺语言。磨成一面凹镜

再聚出针尖大的焦点
就可以点燃灵魂

[春雪夜，在文峰观对面山腰陋室读经间隙]

一灯。
一书。
一人。
春风不与我。春风独自撩着窗外
三角梅枝
薄薄的雪衣

一朵红蕊
在景观灯的光照中摇曳

航标灯从更远的黑
切取
江流的轮廓

她，手持灯笼
拾级而上
缓慢地，从文峰观山脚升到半空

一名女冠
在风尘与虚静间往返的摆渡人

我目视甚久。推窗
换气。风贯双眼
泪如泉涌

经书摊在桌上
我摊在人生的山腰
都摊在茫茫无边的虚空里，无人理会

[观 瀑]

那些流水，怀着慷慨赴死之心
纵身跃了下去

那些鸢尾花，扫坛竹露水草倒挂在悬崖
被时间之手一把救下

那些鱼，挣脱整条河流
奋力向上跃去，够不着他的手

我刚从他的指缝滑落
一副婴儿脸，被磨砺得形容难辨

若有青云不坠之志
须学他：一生与青山对谈，朗朗大笑

缝隙（三首）

◎应文浩

[在红草湖湿地公园]

活到如今
我时常感觉自己
身体和灵魂皆有湿气

每次到公园
我会寻一僻静处
闭目，晒背，驱湿
普天而降的阳光
我只取一身
像一个念旧的人
我喜欢一次次感受
活着是如何发生的

[缝 隙]

坐在冬日的芦苇中
眼看着四周被重重包围
身体有隔世的绝望感

听见一阵阵嚓嚓声
仿佛磨刀霍霍的世界
冲自己而来

低头时看见几丝哨子苗
从密集的枯苇中冒出来
我想到了一句
荒芜人间有缝隙

[高 处]

夏草深长如渊
蚊虫爱用小针刀

小河的水面上
鱼儿溅起水圈
像正在下一场雨

天空缓缓收拢
落霞
与群鸟共翼

他急着转身
仿佛找到了
统领这一切的高处

同一匹马如此亲密（三首）

◎梁小兰

[金丝楠木马]

一块木头将有怎样的命运？
成为一匹马或许是它最好的归宿
其他如木屑，生命的火已被熄灭

那马总在沉思，而我总喜欢变换它的位置
将它置在书上、挪到书柜里
在我睡觉时将它放在床头
出门时，放到我的背包里
……

我同一匹木头马如此亲密，为什么？也许
我在幻想，有一日
当我决定隐匿自己
骑上它，就可绝尘而去

[黄杨木马]

它一副慵懒的样子。腿蜷缩在身体里
鬃毛依然直立
想象一个雕刻师，那时
可能也是一副慵懒倦怠的样子。雕刻这匹马
想着别的心思，或者想着一个肥胖女子
杰作就这样诞生。生命有些随意
打开的方式，具有
偶然性和不确切性

马的眼微闭，好像让它看世界很难
永远睡意蒙眬。应该
唤不醒它，不过，我也不希望它醒来
看到陌生事物后
眼神，充满惊惧

我随意摆弄它，一匹小木头马
带着沉重的马鞍子，在假寐
不曾打探清楚它的内心
是不是在思考下一个轮回

[夜色中的马]

琴声在空中盘旋，熟练的琴手正醉心于它
　的悠扬
奇迹总是没过水面，露出它的头
杂乱的句子摆成一排，就有
了一匹马的雏形
它在倔强中昂起头，在倔强中
抬起腿
我知道生命的姿势有无数种
站立是永恒的高傲
奔跑则令人敬仰

马在琴声中疾驰，踏着
黑夜的星辰
灰尘在螺旋上升中逐渐散开
月光在雪中踏出脚印

音乐的旋律逐渐放缓，我
偶一抬头，正瞥见
一匹马在河中饮水

尘世的法则同样适用于梦境
在群星闪烁的夜晚
奔驰的马一再召唤
黎明

命运的入口（组诗）

◎马道子

[命运的入口]

水流过我
感觉条条道路

像新鲜诗句
每个入口
都是命运
引领着爱她

明亮的阳光
给流失的缝纫
我们重新穿起来
只要在路口
选择一个好角度
我们就抓住春风

水从尘世流过
湿润了泥土
像我们的影子
你看见，我也看见
不起眼的财富
我们慷慨地还给了人间

[散 场]

删除一个人的名字，从电话开始
然后是与生活相关的地名、房屋、家居、灯火
像一面发光的镜子，破碎为银子、刀子

既锋利，又寒心
狠命地离开，脚步轻轻
一次又一次，深入进去

人的错误太多，留下残缺
像人间的纸张很薄，薄得只能装下尘埃
一眼望穿，是因为一滴泪水沉重

散场。落日已远
顺着从前的脚印
来到了铁匠铺，眼睛和炉火一样通红

[照 片]

找了二十年，一直没有找到
父亲、母亲和我们一起的全家福

二十年前，我们送走了父亲
上个月母亲节这天，我们又送走了母亲

或许，我们的全家福压根儿就没有
留给大家的，是儿女们匆忙的中年生活

我保留着父亲的黑白照，母亲的彩照
和亲人的相伴与辽阔的世界

屋檐水落下来，心平和起来
走着的不是他或她一个人

他们自然的表情，被关起来
背后千山万壑，精神矍铄

[岷 江]

雪山无语，云彩盛开
桑吉寻绿草，用石头捶打湛蓝
岷江斑斓，高度与坡度
如同心里的落差自然。我听见的声音
水的声音，动植物的声音
以及神的声音。我收藏到岷江全景

一路上，我跟着岷江水
岷江水跟着我，来到都江堰转弯处
才发觉，冲刷的力量
飞溅的浪花，好像我身后
跟着的一个个人

夏归（外一首）

◎弥山

晚霞长满天空，河水开始明亮
一只白鹭衔着黄昏
向芦苇告别

风吹过原野
每一株麦穗都意志如铁
归途的人们背影斜斜

屋檐低垂，柴门半掩
熟透的葡萄和杏子酝酿着情绪
相互打量保持沉默

整个村庄的心思都盛在荷塘里
乘凉的人们围坐在一起
听蛙鸣四起

[遗落花园]

在熟悉的三月
踏进这片陌生的花园
为了这次重逢
灰鸟穿越竹林
紫藤长满屋顶
草丛中的石象开始奔跑
锈迹的铁轨一节节合拢

黄昏里藏着神秘的光
藏着遥远的低吟
一扇窄门，通往残存的辽阔
在三叶草和鸢尾花之间
搭起帐篷窥视
谁在斑驳的树洞封藏心事
用松果摆出星空的模样

河流淤塞
像一支巨大而凝固的血管
安索桥上落叶成泥
等待最后的行人
蚂蚁沿着掌纹寻找出口
荒凉的指尖
握不住一束青草
孩子的笑声四处飘散
花朵缤纷，次第绽放

只有春天，对，只有春天
能让沉睡的木头歌唱
也只有春天
能把坍塌的庙宇唤醒
钟声不再敲响
时间的绳索垂下
每一棵落叶松都长向云端

诗人·古堡·老街

◎郭新民

一群诗人以风的绰约和清爽
唤醒一座睡眼惺忪的古堡

像夏风徜徉，如霓虹掩映
让古堡充满诗意的朦胧与陶醉

顺着古人早已蹚过的老街小道

去聆听历史步履蹒跚的艰难慨叹

张壁曾经隐伏着多少龙踪虎迹
军堡至今潜藏过多少刀光剑影

每一块石阶都浸出斑驳陆离的血泪
每一片瓦砾都沁着血雨腥风的叹息

关帝古庙里传出悠扬悦耳的钟声
槐抱柳客栈飘起沁人心脾的茶香

深不可测的北朝暗道藏匿多少轶事秘趣
叱咤风云的可罕武周立下何许汗马功劳

有人用高跟鞋郑重叩问老街的路石
槐树上调情的喜鹊发出散淡的笑谑

如果你是带着真情实感用心来穿越
你定会沉浸，会虔诚放飞自己的灵魂

哦，一群诗人徜徉在张壁的大街小巷
让这座表里古堡魅力四射诗意昂然

药 罐

◎冉杰

给祖先弯腰低头的瞬间，猛然
发现龟裂的土地张牙舞爪。
涂抹彩釉的光芒，反射
到我的衣扣上。一条纽扣线
把沉疴的岁月扎得紧巴巴的。

一枚纽扣成了遗失的药罐。
祖先的一声干咳把瓦砾碾成粉末。
风吹云散，空气散发的药味，
弥漫了一条生生不息的河流。

流水的倒影里，我看见祖先们
黏土掺水，晒干掺沙的佝偻。
阳光是一把刀，在祖先的裸背上
磨出雪亮的锋刃，闪烁着病愈后的光芒。
汗水与黑夜摩擦出
布满雾霾的黎明。

无声的河流，洗刷出流浪的鸟鸣，
凋落的花香以及盛装疼痛的药罐。
岸边的鹅卵石，泛起一层磷光
燃尽人世间的疼和痛。

黑夜的谜团（三首）

◎庭艳

[人 生]

我们每天都在堆砌着生命的砖头
有的人堆砌成路，为了走得更远
有的人堆砌成高楼，为了爬得更高
有的人堆砌成舞台，为了赢得掌声和喝彩
有的人堆砌成高墙，挡住了自己，也挡住
  了别人
有的人堆砌成坟墓，终将自己埋葬

[黑夜的谜团]

“你问我发生了什么，无光的夜不动声色。”

夜行的人，容易被光引诱
气定神闲，常源于对危险的无知
黑夜是一个巨大的谜团
一声召唤，我挤进人群的最前端

来不及看懂星星的眼神
来不及接受黑夜的第一束光
有人低声说：不要动
我们在悬崖上
天一亮，就是万丈深渊

[依恋]

溪流依恋着江河
却又昼夜不息地奔流
找寻等待的那片海

白雪依恋着冬季
却在阳光寒冷的微笑里
消融成川

秋叶依恋着树枝
却在秋季选择了
离开

牵牛花（外一首）

◎黎权

牵牛花走到拐弯的地方
燕子也该回家了
节气在篱笆上跳跃
牵牛花红一朵白一朵往外走
走到树叶黄了，星星般掉落下来
走到村庄空了，父母两鬓霜白
忘了拐几个弯才能到家
忘了春天，潮湿泥土上谁播下的种子

燕子在电线上商讨行程
影子滴落。走得最远的那朵紫花
像一颗闪亮的泪珠
这株篱墙上攀缘的牵牛
跋涉半生，未能挣脱自己的藤蔓
终归枯萎，也没走回
最初发芽的地方

[晚秋]

去野外
心就野了
落叶一样没有章法

与秋天一起松下来
斜阳向着西南
白茅摇晃着悲歌

窸窣的草叶声
苍凉无边的秋水
目光平缓地
向着远处流淌

云一动，心便到了南方
凋敝的乡间旧时光
一把冰凉的愁绪
勾了上来

路过铁锁关（三首）

◎吴洋忠

[观九曲黄河日落]

天地闭合，世界沉入一片漆黑
一道闪电将天空撕开，
在九曲黄河流向的远方的上空。
我们爬上观景台，天已经黑尽，大草原上
黄河如巨龙蜿蜒，在电光中闪现，又瞬间消失
天地重归于黑暗，只剩下我仓促的喘息
和声响巨大的心脏的跳动
在高高山顶的云雾里跳动

[春 乱]

三月雪反射着光。点燃旧的炉子
风，从油菜地中吹来，终于不冷了
大片大片金黄的油菜花
被山丘、竹林、房屋所分割
几棵枇杷长在中间，发出些许嫩芽
而远处，垂柳已经绿意满身

山丘下，房屋墙壁的白，从油菜花间空隙中
透过来
桃花红了，梨花白了，各种颜色纷纷冒出来
混在一起，让这个春天的颜色有点乱了

那你还记得吗？蜜蜂飞过的花蕊
曾是你采撷过的，记忆中舌尖的干燥和微甜

[路过铁锁关]

终于有了光亮
隧道无尽头，漫长的、一个接一个的隧道
中间短暂的间隙，我看到了光
也看到了山野和乡村的面貌
纤细的灌木，一片片，长在坡上

与蜀地的春色相比，铁锁关的春天
（不，铁锁关已被高铁甩出几十里远）
与蜀地的春色相比
锁得紧了一些，油菜花的黄，仅星星点点
那各种树应有的绿，还难得看见一叶
一把把光秃的枝丫，伸在空中，大大张开
等待着南方吹过来的风

子美逸风

Traditional Poetry

Cao Tang

徐兆国诗选

◎徐兆国

[立秋曙色]

俗事烦人寐不成，园中踱步待天明。
西楼月落星光淡，东岭云开曙色轻。
拂面晓风驱暑气，当庭碧树泛秋情。
宿禽梦呓穿梧叶，一阵叽喳复静宁。

[晨景即兴]

露染青枝少积尘，阳开雾散暖清晨。
莺声老去两三句，客舍醒来孤独人。
曾许花期游胜景，已成蝶梦到残春。
家山有信从何寄，托付灵禽自在身。

[客 舍]

客舍春回换夏衣，风牵倦眼过窗扉。
柳桐阴里黄莺啭，茅草丛中白鹭飞。
渐少浓情燃岁月，更无美酒谢芳菲。
小楼几度人来去，盘算佳期撷艾归。

[残 蝶]

座对南窗日渐长，欲寻小景入诗行。
路边巧遇单飞蝶，篱下嗟惊独步郎。
破茧曾经三世劫，临风还见满身伤。
翩翩舞向花丛里，不负今时一缕香。

李武平词选

◎李武平

[一剪梅·夏时喜雨]

夏雨时来出墨云，顿消炎暑，还洗峰群。悠悠冷水似天军，齐进尘寰，凉意人熏。　　霭绕山缘沾竹�，湿了松针，润泽缤纷。山川同域共氤氲，晴也思君，雨更思君。

[长相思·月满西楼]

登层楼，去西楼。人倚轩窗望月流，思潮渐渐休。　　上心头，下眉头。暑热南风吹夜秋，把将期梦留。

[踏莎行·汪胡赏雪]

踏雪寻梅，循光透雾，山高路远汪胡去。琼装天地走来回，邀君同赏君行否？　　梅已寻空，风仍舞絮，记怀提笔搜佳句。奈何胸墨有无多，行间字里平庸步。

[清平乐·游歙县]

佳期又约，天雨微凉觉。游兴浓情情不却，车内望峰飞掠。

歙县锦翠环拥，古村遗落其中。观罢城楼高耸，寻觅历史痕踪。

李永康诗选

◎李永康

[温江岷江村]

岷江风物古，倩影计流年。
朝露湿花瓣，民居生井沿。
观光知稼穑，携手共怡然。
别后怀书院，听蝉拨小弦。

[夏日荷塘]

云窥莲叶舞，风起水生凉。
翩眇蜻蜓急，殷殷护蕊香。

[温江幸福田园]

幸福村中心绪嘉，蓝天丽日格桑花。
南塘倒映祥云朵，北院开来小火车。
宾至主欢皆过客，酒香情重不思家。
若忘机杼星稀少，仰望苍穹缀月牙。

[珠 峰]

自是人间第一峰，神山未肯与人同。
登临唯有空留梦，回仰弥高万古雄。